少年读中国史

· 9 ·

明　转折的时代

果麦 编

北方联合出版传媒(集团)股份有限公司
万卷出版有限责任公司

果麦文化 出品

明太祖朱元璋起于微末，加入起义军后力量不断壮大，并逐一击败强敌，最终登上皇帝的宝座。作为大明的开创者，他的刻薄、猜忌和独断为这个王朝留下了负面遗产。明成祖朱棣铲除藩王叛乱的基础，将都城迁到北京，派郑和下西洋，这些举措皆值得肯定。但他让宦官执掌东厂，却为明王朝种下祸根。

明代中后期的思想文化、社会生活等领域出现许多新气象，透露出中国历史前进的生机。但中后期的帝王大多放纵、懈怠，即便有能臣良将辅佐也难以力挽狂澜，最终被农民义军和清军铁骑夺去万里江山。这一时期，西方殖民主义势力已到达东南亚和中国东南沿海，传教士也开始在中国传播西方的科学文化，中国历史的发展进程再也不能孤立于世界历史之外。

目 录

第一章 出身贫贱的开国皇帝　　001
1. 风云起于微末　　002
2. 换来换去的丞相　　009
3. 替儿孙清理功臣　　014
4. 节俭爱民的明太祖　　018

第二章 从永乐之世到"土木之变"　　025
1. 叔侄之战　　026
2. 明成祖的文治武功　　031
3. 郑和下西洋　　038
4. 大明帝国的耻辱　　044

第三章 帝国的衰落　　052
1. 风格迥异的父子俩　　053
2. 嘉靖帝与严嵩　　058
3. 海瑞骂皇帝　　062

4. 抗倭英雄戚继光　　067

第四章　大明末路　　075
1. 万历帝和张居正　　076
2. 木匠皇帝与"九千岁"　　082
3. 无力回天的崇祯帝　　089
4. 昙花一现的南明　　095

第五章　灿烂的大明文化　　102
1. 王阳明和李时珍　　103
2. 走进市井的文学艺术　　110
3. 西学东渐　　114
4. 明朝读书人的一生　　119

大事年表　　127

第一章

出身贫贱的开国皇帝

1. 风云起于微末

从牧童到和尚

中国历代开国皇帝当中,朱元璋算得上是出身极为低微的一个。他放过牛,逃过荒,要过饭,比起同样出身底层的汉高祖刘邦、南朝宋武帝刘裕还要悲惨。朱元璋原名朱重八,1328年生于濠州(今安徽凤阳)的一个小乡村,由于他在家族兄弟中排行第八,故名"重八"。

朱重八家里很穷,父亲只是个佃农,因此他只勉强读过几个月的私塾,就去给人家放牛了。十六七岁的时候,朱重八的家乡遭逢大旱,又闹蝗灾,庄稼颗粒无收,瘟疫横行。他的父母和大哥在一个月内相继去世,一时间家破人亡。走投无路的朱重八只得去皇觉寺当和尚。可没过多久,寺里的存粮也见底了,他只好跟着其他和尚一起离开寺庙,四处云游、化缘,与乞丐无异。他先是向南到了合肥，然后改道向西抵达固始、信阳，后往北到汝州、陈州（今河南淮阳），最后东返，回到了皇觉寺。三年多的时间里，朱元璋先后去了安徽、河南等许多地方，在经历颠沛流离与饥饿寒冷的同时，熟悉了当地的风土人情、山川地理，也积累了不少社会经验。

元朝后期政治腐败，开黄河、变钞法，导致民不聊生，各地纷纷起义，韩山童、刘福通、彭莹玉、徐寿辉、芝麻李（李二）等人各自起兵，反抗暴政。1352年，朱重八二十五岁，他的朋友汤和来信说自己在濠州义军郭子兴手下做了个小头目，邀请他前去投军。朱重八从小便与汤和一起玩耍、放牛，当然信得过这位朋友，加上皇觉寺被元军烧毁，他也没有别处可去，于是放下钵盂，迈出了改变自己命运的第一步。

豪杰本色

朱重八为人精明能干，打仗也敢于冲锋陷阵，最难得的是他略通文墨，富于谋略，因此很受郭子兴赏识。郭子兴提拔他做了亲兵九夫长（相当于现在警卫部队的班长），还把自己的养女马氏嫁给了他。从此，朱重八

青年朱元璋投奔红巾军

在军中的地位高了，人称"朱公子"。他觉得朱重八这个名字配不上自己的身份，于是就改了个响亮的名字，叫朱元璋。之后的一两年里，朱元璋因为军功先后被升为镇抚、总管，成为一名有威望的军官。

濠州城内的义军除了郭子兴，还有孙德崖等好几支，郭子兴经常跟他们闹矛盾，且常常受制于人。朱元璋不愿一直屈居人下，决心出去为自己寻找一片立足之地，开创新局面。取得郭子兴同意后，1353年他便带着汤和、徐达等二十四个心腹离开了濠州，南下攻占定远，招收人马。

定远张家堡驴牌寨有一支三千多人的豪强武装，寨子也很坚固，权衡之下，朱元璋决定智取而不强攻。据说，当时寨中正好缺粮，朱元璋得知后，心生一计。他叫士兵钻进布袋中，伪装成粮袋，带至寨门口，谎称自己是运粮的民夫，成功骗开了寨门。进门之后，朱元璋一声令下，士兵一拥而出，当即将寨主拿下。士卒们见状也无心抵抗，各自逃命去了。首战告捷后，朱元璋又趁势收服了当地其他武装势力，顺利占据定远。一时声威大震，四方都来归附，部队也扩大到近三万人。定远一役，使朱元璋有了自己的队伍和地盘，迈出了实现理想的重要一步。直到称帝之后，朱元璋还多次提到定远是自己的"发迹之地"。

带着扩充后的队伍,朱元璋开始南下进军滁州。这时,有个名叫李善长的定远人求见。李善长以智谋过人闻名,他劝朱元璋说,如果能效法汉高祖刘邦的长处,知人善任,不乱杀人,很快便能平定天下。朱元璋听后很受启发,留下李善长,加以重用;同时命令自己的军队不准烧杀抢掠,赢得百姓的拥护。

1354年,朱元璋很快攻下了滁州。这时,在濠州受到排挤的郭子兴也来到了滁州,朱元璋就将兵权交给了郭子兴。当时红巾军的首领刘福通建立了大宋政权,奉韩山童的儿子韩林儿为帝,称"小明王"。1355年三月,郭子兴病亡。小明王任命其子郭天叙为都元帅,朱元璋为左副元帅。不久,郭天叙和另一副帅双双战死,朱元璋于是成为大元帅,郭子兴的旧部也都归他指挥。

政治家的谋略

1356年,朱元璋带兵攻占集庆(今江苏南京)。他将集庆改名为应天府,并以此为中心,把东起句容至溧阳、西起滁州至芜湖这一地区作为向四周发展势力的根据地。当时，朱元璋的北面是刘福通和韩林儿，西面是徐寿辉和陈友谅，东面是张士诚，北、西、东三面都不与元军直接接触，仅南面有零星几支元军。而元朝的主力正在北方和刘福通激战，无力他顾。趁此机会，朱元璋陆续攻占了镇江、常州、徽州、扬州等地。

争取民心的同时，朱元璋也网罗了不少人才。名儒朱升建议他"高筑墙，广积粮，缓称王"，另一位名士刘基则建议他不必顾虑胸无大志的张士诚，集中力量对付陈友谅。朱元璋采纳了这些建议，继续低调扩张自己的实力，准备与众豪杰争夺天下。

1360年，野心勃勃的陈友谅杀掉徐寿辉，在采石称帝，改国号为"大汉"。当时他有大战舰"混江龙""塞断江""撞倒山"等百余艘，还有数百艘战船，便联络张士诚一起夹击应天，以为朱元璋不过是笼中之鸟，手到便擒。朱元璋和刘基分析后认为，如果分兵两路迎敌，会分散兵力，给陈友谅造成可乘之机。而张士诚素无大志，只要集中兵力打垮陈友谅，张士诚便不敢出兵，应天可保无事。于是，朱元璋便命陈友谅的老友康茂才写信诈降。陈友谅信以为真，直到战舰由大江被引入狭窄的水道，才发现自己中了圈套。这一战，陈友谅的水军伤亡惨重，而张士诚始终不敢出兵助战。

1363年，陈友谅趁朱元璋带兵到安丰（今安徽寿县）救援小明王之机，率军围攻朱元璋的军事要地洪都（今江西南昌）。朱元璋领兵回救，两军激战于鄱阳湖。朱元璋封锁鄱阳湖出长江的湖口，扼住陈军的归路。同时，抓住敌方战舰用铁索相连、很不灵活的弱点，派人驾驶装有火药和芦苇的船只，直闯敌阵，纵火焚烧。霎时间，风烈火炽，烟焰弥天，湖水皆赤。陈军大败，士气低落，一些将领见大势已去，便投降了朱元璋。陈友谅气恼不已，杀俘虏以泄愤，朱元璋却将抓来的俘虏尽数释放，收服人心。被围困多日的陈友谅，粮草殆尽，只好冒死突围。结果刚冲到湖口，一枝流矢飞来，命丧箭下。

此后几年间，朱元璋陆续消灭陈理、张士诚、方国珍等割据势力。与此同时，1366年十二月，他以迎小明王到应天为名，在途中趁机把船弄翻，小明王被溺死，大宋政权灭亡。1367年十月，朱元璋命徐达、常遇春率领二十五万大军，北伐中原。

1368年，朱元璋在应天府称帝，国号"大明"，年号"洪武"，以应天为南京，他就是明太祖。蒙古人在中原的统治结束了，明王朝就此建立。同年八月，元朝大都

（今北京）被攻陷，元顺帝带着后妃太子出逃，元朝灭亡。1387年，明朝基本统一全国。

2. 换来换去的丞相

开国功臣李善长

从贫家小子做到大明皇帝，明太祖朱元璋要管的人和事越来越多，于是便按元朝的制度设置百官，来分担这些权力和事务。他在中央设左、右丞相及中书省，掌管朝廷行政大权，在地方设行中书省。那最重要的左丞相要由谁来担任呢？朱元璋选择了较早投奔他的文官李善长。

李善长对朱元璋十分忠心，当初郭子兴很赏识他，想让他来辅佐自己，李善长却极力推辞掉了。李善长的魄力与才干就更不必说了，他曾亲自指挥打仗并取得了胜利。军中的将领闹矛盾，他也总能设法调解。做了丞相之后，李善长和刘基等人为明朝制定了各种典章制度，贡献很大。朱元璋将李善长视作自己的萧何，对他宠信有加，就连率兵将元顺帝赶出大都的大将军徐达也位居李善长之下，只能做右丞相。加上徐达长年在外，朝政之事大多由李善长做主。

然而李善长虽然表面宽厚，实际却贪婪刻薄。他区别对待官员，老家在淮西一带的，他就比较亲近，老家不在这些地方的，就疏远甚至排挤他们，连谋臣刘基也不例外，在他的辱骂之下请求告老还乡。此外，他还仗着功高权大，常常自作主张，最终惹恼了朱元璋。

终于，朱元璋暗示他说："人可是要自我反省啊，不然一个毛病就可能将所有的优点全都盖住。"李善长听懂了太祖的话中之意，在1371年称病辞官了。

谋臣刘基的结局

李善长辞官之后，谁来接任丞相呢？为了这个问题，朱元璋曾经前去询问刘基的意见，可是他拟定的三个人选全都被刘基否定了。在刘基看来，杨宪有丞相之才，却没有丞相的器量，汪广洋褊狭浅薄，胡惟庸很危险，让他当丞相就好比让他赶大车，他多半能把车直接给掀翻。朱元璋听后，便请刘基亲自接任丞相之位，刘基却以自己不能胜任为由而拒绝了。这是因为刘基考虑到自己之前得罪过李善长，如果接任丞相，肯定会成为李善长一派官员的眼中钉，所以不如躲开这个麻烦差事。

若论机智和才干，满朝官员确实没有什么人能够比得上刘基。他在元朝年间就中过进士，却因属于四等人中地位最低的"南人"，一直受排挤，因此愤而投奔朱元璋。朱元璋一直奉小明王韩林儿为自己的主公，每逢过年都要设一个空座位代表韩林儿，大家都向这个座位跪拜行礼，可刘基却说："他不过是个放牛娃，尊奉他干什么？"建议朱元璋自己做主公。后来陈友谅前来进攻，很多人劝朱元璋投降或逃走，刘基却坚决主战，还帮他出了很多主意，最终打败了陈友谅。明朝建立后，刘基被任命为御史中丞和太史令，参与了历法和《大明律》的制定，和李善长等人一道制定了各项制度，贡献很大。

可刘基的确未必能做好丞相。他为人太过刚正，说话办事不留情面。有个叫作张昶的大臣曾上书称颂明太祖的功绩，刘基生气地说："你是想做祸乱秦朝的赵高吗？"张昶怀恨在心，想要陷害刘基，幸好朱元璋明察，才没能得逞。李善长有个好友犯了法，刘基不顾情面将他治罪，惹得李善长大怒，为此跟刘基绝交。刘基在官场上惹了太多人不高兴，因此处处被排挤。刘基一生做官都不愿卷入权力中心与他人争斗，所以就算是丞相的高位也拒绝接受，最终辞官回到家乡并终老于此。

弄权被杀的胡惟庸

明太祖提出的三个人选都被刘基否定，而刘基自己又不肯出任，明太祖很不服气，偏要让自己选的三个人轮流当了丞相。然而杨宪这个人一得实权就忘乎所以，只顾与同僚争权，犯了众怒，后来因罪被明太祖诛杀。汪广洋则对什么事都不置可否，明太祖只好将他革职。三个人中资历最浅的胡惟庸是从基层一步步上来的，颇有才干，而且很懂得如何博取皇帝欢心。杨宪被杀后，他架空了汪广洋，成为独掌中书省的实权丞相，长达七年之久。

胡惟庸原本只是个小官，因曾经贿赂了李善长几百两黄金，就此得到关照，一路青云直上。徐达、刘基都看不起胡惟庸，觉得他品行低劣，胡惟庸便收买了徐达的仆人，想要加害于他，结果被徐达察觉，阴谋破产了。

此外，胡惟庸还诬陷辞官在家的刘基，说他给自己看中的墓地有帝王之气，百姓不给，他就请朝迁设立巡检司，驱逐他们。刘基本来就擅长占卜、看风水，明太祖听了胡惟庸的话，心中也很猜疑。刘基只好进京请罪，不久便生了重病。胡惟庸派人给他治病，结果刘基在吃了胡惟庸手下开的药之后，觉得肚子里好像压着一块石头，不久就死了。

独揽大权后的胡惟庸更是独断专行，遇到大事不向明太祖请示，全凭自己的想法处理。他要一一查看大臣们的奏章，把对自己不利的都扣留下来。胡家有一口井，井里长出了一根石笋，很多人跑来拍马屁，说这是祥瑞之兆，将来要大大发达。可胡惟庸早已位极人臣，再要发达，就只有当皇帝了。他听后忘乎所以，真的盘算起造反之事。明太祖发现了胡惟庸的阴谋，盛怒之下将他处决，还将跟他关系好的人全都杀掉，受牵连而死的达三万余人。就连李善长也因跟胡惟庸关系太近，却又没有提前上报他的罪过，导致一家被灭门。

丞相们接连被废，也不都是因为他们的所作所为有问题。明太祖本就是精明果决之人，控制欲很强，一心把权力牢牢抓在自己手里，不会容忍丞相分权。所以他选的丞相要么唯唯诺诺，要么毫无根基，没有真正功劳大、能力强的元老，以免其势力威胁到自己。借着胡惟庸案的机会，早就想清除丞相这个权力隐患的明太祖正好顺水推舟，彻底废除了丞相制度。地方的行中书省也被一并撤掉，改由承宣布政使司负责。地方有事不再上报中书省，而是按照具体事务的类别，直接上报给吏、户、礼、兵、刑、工六部。原本位于丞相之下作为执行机构的六部，便成了直接隶属于皇帝本人的中枢机构。

此后，明朝不再设丞相，后来的清朝也延续下来，中国从秦、汉以来实行了一千多年的丞相制度就此消亡，皇帝的权力则得到了空前强化。

3. 替儿孙清理功臣

无孔不入的锦衣卫

李善长、胡惟庸虽然专权，却都只是文官，比较好对付。当初跟着明太祖打天下的将帅们可就不一样了，他们一个个手握重兵、骁勇善战。明太祖担心自己死后，性格温和的太子朱标镇不住这些人。万一他们中有人也想过一下当皇帝的瘾，就更加危险——历史上这样的先例太多了。顾虑之下，明太祖对身边人处处戒备，还专门设立了一个叫作锦衣卫的特务机构，用来监视大臣们的言行，一旦发现他们有问题，就可以逮捕、审讯、定罪。

有一次，大臣宋濂和朋友在家中喝酒。第二天明太祖就问宋濂："你昨天喝酒了？跟谁喝的？吃了什么菜肴？"宋濂一向诚实，照实说了。明太祖听后满意地说："一点不错，你果然没有骗我。"说罢拿出一幅画，上面清楚地描绘了宋濂当时喝酒的样子。另一位文臣钱宰在家里写了首诗："四鼓咚咚起着衣，午门朝见尚嫌迟。何时得遂田园乐，睡到人间饭熟时。"大意是说自己每天四更天起床，上朝的时间还是有点紧张。结果第二天明太祖就召见他，说："你的诗好哇。不过我倒没嫌你迟，不如把'嫌'改为'忧'如何？是你自己担心会迟。"然后又笑着说："今天就别太辛苦了，回去好好睡一觉吧。"

宋濂、钱宰这些都是不要紧的小事，可全国那么多大臣，总会有人私下说错话、办错事。这些都被锦衣卫尽数查实上报皇帝。而明太祖疑心太重，常为一句话、一件事生气，将人罢官甚至杀头。比如有的官员在奏折中写了"光""生""则"这些字眼，太祖就生气地说："这些人是什么居心？'生'的谐音是'僧'，不就是在骂我以前做过和尚吗？'光'不就是骂我剃过光头吗，'则'的谐音是'贼'，不就是骂我出身贼寇吗？"很多人就因为这类小事倒了大霉。

太子朱标向明太祖劝谏说："陛下杀人这么多，恐怕不太好吧！"明太祖当时没有吭声，第二天便拿了一根长满尖刺的棘杖丢在地上，让太子拿起来。太子担心扎手，一时不敢去拿，明太祖就语带双关地说："这根带刺的棍子扎手，我替你把刺除掉再交给你，不是更好吗？"

锦衣卫的出现，让官员们提心吊胆。不过对于皇帝来说，能掌握臣子大大小小的隐私，倒是更方便让他们给自己卖命，遇到大事也能提前知晓，尽早处理。蓝玉案就是这样。

蓝玉案

凤阳人蓝玉是明太祖的同乡，他的姐夫常遇春是明初开国名将，地位仅次于徐达。蓝玉先是跟着常遇春作战，但常遇春年仅四十岁便因病早逝了，之后他便跟随徐达、傅友德等人，参加了平定西南、东北元朝残余势力的多次战争。后来，各路敌军先后被消灭，元顺帝北逃之后建立的北元也在明朝持续的打击下最终灭亡。在此过程中，蓝玉立下大功，被封为大将军、凉国公，成为地位最高的将帅之一。

但蓝玉这个人嚣张跋扈，时常胡作非为。他曾派人弄到官方贩盐的凭证盐引，跑去云南买卖私盐，从中牟取暴利。平定北元后，他私吞了大量的珍宝、骏马，甚至将北元的皇妃也占为己有。回师过喜峰关时，已是夜晚，只是因为守关人没有及时开门，蓝玉就在一气之下，让手下的军队攻破喜峰关，长驱直入。回朝后，除了爵位和官职，明太祖给了他一个"太子太傅"的头衔，他非但不谢圣恩，还嫌这个封号太小，说："我立了这么大功劳，皇上不能给个太师衔吗？"其他说话傲慢、举止不合乎礼仪的事情，更是不胜枚举。

1393年，锦衣卫官员上报明太祖说蓝玉谋反。下狱审讯后，蓝玉供说自己的确是串通几位将军和吏部、户部的几位高官谋反，甚至已经计划好就趁明太祖出宫举行籍田礼的时候起兵。明太祖向来将蓝玉视为子侄，平时他犯了错，训斥一通就算了。这次听说蓝玉要谋反，明太祖顿时大怒,三天后就把蓝玉给杀了,并且将他的全部族人以及其他参与谋反的官员和各自族人也一并诛杀,受牵连者多达一万五千人。

因胡惟庸、蓝玉两案的牵连,明朝有很多功臣都被杀掉了,如朱亮祖、冯胜等。被称为"战功第一"的名将傅友德虽曾被授予免死铁券,最后仍不免被赐死。这些功臣绝大多数并无实际罪名,只是因为明太祖的猜忌之心,就被以各种理由处死了。自幼和明太祖一起放牛的汤和,知道皇帝对功臣们不放心,早早主动交出了兵权。明太祖很高兴,在凤阳给他修建了豪华的住宅,让他得以安享晚年。

4. 节俭爱民的明太祖

雷霆手段惩贪官

明太祖出身贫寒,种过田、要过饭,知道底层农民是怎样在生死线上挣扎的,因此对老百姓很宽厚。他曾对太子朱标说:"农民身不离田亩,手上抓着犁、耙、锄头,一年到头辛辛苦苦,难得休息。我们一定要记住农民的劳苦,不能横征暴敛、苛待百姓。"

他自己也的确做到了以身作则。过去给皇帝用的车驾、器具等,很多都要用金子来打造,明太祖却下令用铜即可。此外,他还命令太监在皇宫边上种菜,纺麻织布做鞋,以节约开支。有一次,他看到一位官员穿了件十分华丽的新衣服,就问他:"这衣服用了多少钱?"官员回答道:"五百贯。"太祖痛心地说:"五百贯够一家老百姓过一年了,你居然用来做一件衣服,真是太奢侈了!"

对于贪污纳贿、残害百姓的官员,明太祖更是深恶痛绝。他颁布法令,官吏受贿达一贯钱的,杖责七十;贪污达六十两的,就要处死。明初的一贯钱相当于一两银子,官吏因一两银子便可定罪受罚,可见当时吏治的严苛程度。他曾经下令,把全国所有为害百姓的官员都抓起来送到南京去修城墙,让他们吃足老百姓平时所受的苦头。1385年,户部侍郎郭桓串通北平地方的官吏,私下贪污老百姓上缴的税粮两千四百多万石,并在征收赋税时巧立名目,征收了各种名目的水脚钱、口食钱、库子钱、神佛钱等,数额巨大。明太祖极为震怒,把六部侍郎以下的官员统统处死,追回赃银七百万两。因郭桓案受牵连被杀的多达三万多人，六部几乎成了空衙门，牵连人数远超过当时的其他几次大案。

此外，明太祖杀贪官，也不是用砍头、绞死或赐毒酒这类一般的手段，而是上酷刑。犯人往往要受够极大的痛苦才能断气。他甚至把人皮完整地剥下来，在里面填充稻草后悬挂示众，此举被称作"剥皮实草"。继任的官员们一个个胆战心惊，常常是即便有胡作非为之心，也没这个胆量了。

为天下温饱

开国之初，明太祖就对官员们说："天下刚刚安定，百姓生活贫困，他们就像刚会飞的鸟，不能伤害它的羽毛，也像刚栽好的树木，不能够摇动它的根。得让百姓休整调养，慢慢恢复。"

为了促进农业生产，太祖想了很多办法。以前元朝富贵人家喜欢蓄养大量的奴婢来满足自己的享乐欲。奴婢多了，导致从事生产的人数大量减少。因此太祖下令，普通地主不得蓄养奴婢，违者杖责一百。他将奴婢释放为民，凡是因饥荒卖身为奴婢的，官府代为赎身。

此外,他还下令限制出家。之前元朝的皇帝、官员、贵族都信奉佛教,把寺院修建得富丽堂皇,大批青壮年男女出家当和尚、尼姑,不事生产,只知道念佛诵经。他们穿衣、吃饭全靠官府供养或者剥削佃农,成了社会的寄生虫。于是明太祖下令,各府、州、县只能有一个大的寺庙和道观。他禁止四十岁以下的妇女当尼姑。如果有人送小孩子去当和尚、尼姑的,寺庙也不许收留。二十岁以上的青年男子要出家,须经父母报请官府同意之后才行,出家三年后还得赴京考试,如果对佛教经典、戒律不熟悉,就得还俗再当老百姓。这样一来,当奴婢和出家的人少了,从事农业、工商业的人就多了,生产自然得到了发展。

为了让老百姓有田种、有粮食吃,太祖还积极鼓励开垦荒地。他采取强制手段,把大批农民从人多地少的地区迁到地广人稀的地方。在定额之外对垦荒的农民,政府负责供给耕牛、种子和路费,并规定免去三年的赋税,开垦的荒地也归他们自己所有。这些措施大大激发了农民垦荒的积极性,明太祖在位的前十几年间,全国新开垦了土地一百八十万五千余顷。他还全面清查全国的田亩,将豪强地主隐瞒不报的土地也尽数查出,到洪武末年,全国耕地总面积高达四百多万顷。这样一来,农民既能有地可种,政府也能收到更多的税粮。

明太祖从小受尽了挨饿受冻的苦,因此特别颁布政令,强制推广棉花种植。他规定:农民手里凡有五到十亩地的,就必须种植半亩棉花;有十亩以上田地的,要种一亩棉花,田多的按照这个比例递加。而且棉布可以抵税,多种还可以少缴税。如此一来,许多农民都加入了种植棉花的队伍,久而久之便出现了"衣被天下"的景象。

此外,明太祖还大量兴修水利,重视赈济灾民。到1395年,全国共开辟堰塘约四万多处,疏通河流约四千多条。经过这样的持续努力,明初的生产快速恢复和发展,民生的状况也得到改善。

读史点评

　　明朝的开国、明初政治格局的奠定,几乎都同明太祖朱元璋个人的才干、性格息息相关。他大胆采用谋士朱升的谋略,力量迅速壮大,这种政治家的眼光,在元末起义军将领中显然是出类拔萃的。最终,他将元朝和其他强敌一一击败,登上了皇帝的宝座,众多文臣武将对他畏威怀德,任他生杀予夺。

　　作为农民出身的帝王,太祖希望发展生产、减轻人民负担,这无疑是正确的。作为掌握最高权力的统治者,他担心大臣夺权、武将谋反,担心太子朱标无法掌控局面,这也无可厚非。但清洗大臣的办法是诛杀上万人,而不是"杯酒释兵权"等相对和缓的办法;惩治贪官的方法是残酷的刑罚,而非正常的法律手段;设立锦衣卫、派密探监视臣民的办法,也违背了儒家的政治伦理。以上措施,与他出身卑微而又掌握最高权力所形成的猜忌性格有关,无法用经济、政治或社会的需求来加以解释。不过,种种矛盾斗争还限于政治的上层。明初,社会尚属平稳,经济也逐步得到了恢复。

　　明太祖朱元璋和汉高祖刘邦都出身社会中下层，并最终当上了皇帝。他们战胜对手的原因有很多共同点，夺取天下后对待功臣的态度和方式则有不同之处。试着搜集素材，制作一幅异同对照表。

第二章

从永乐之世到"土木之变"

1. 叔侄之战

英年早逝的皇太子

明太祖的皇后马氏是郭子兴的养女，她和明太祖生下的第一个孩子就是朱标。太祖很疼爱朱标，封他做了太子，让著名的文臣宋濂教他读书，让李善长、徐达、常遇春、汤和、刘基等一班重臣兼任东宫的属官。有一次明太祖对大臣们说："天下的事务太多了，我一个人的精力管不过来，你们把所有的事都上报给太子，由他和丞相一起处理吧。如果我外出去打仗，就留太子在朝中监国。"朱标二十三岁时，太祖又下令：凡是朝中事务，官员们都要先上报太子，然后再向自己上奏。

明太祖对那些跟着自己出生入死的文臣武将说杀就杀，对自己的儿子们却极为信任。在他看来，宋、元的灭亡都是因为皇室孤立，没有兄弟帮衬。为了朱家王朝能够千秋万代，他决定将朱标之外的二十四个儿子全都封为藩王。藩王可以世袭，拥有自己的军队，朝廷给他们发放丰富的俸禄，赐予大量田地。北方的秦王朱樉（shuǎng）、晋王朱棡（gāng）和燕王朱棣由于常年同北元作战，手中握有强大的兵力，许多能征善战的名将也要听他们的调遣，因此成为势力强大的藩王。

1392年，太子朱标意外病逝，年仅三十八岁。秦王、晋王和燕王都想争夺皇储的位置，可是明太祖却将朱标的儿子朱允炆立为皇太孙。三个王爷虽然不服，却也没办法。没过多久，秦王、晋王也相继去世，对皇位虎视眈眈的就只剩下一个势力强大的燕王朱棣了。

建文帝削藩

1398年明太祖驾崩，皇太孙朱允炆继位，是为建文帝。早在即位之前，建文帝就觉得自己的叔叔们贵为藩王，又手握重兵，尾大不掉。他想要削弱他们的实力，但又担心他们造反，心中暗暗发愁。侍臣黄子澄对他说："诸王虽然有兵，却比不上朝廷。汉朝时的吴王刘濞等诸侯国也很强大，可汉景帝的大军一到，不是照样全都灭掉了吗？"

登基后，建文帝将黄子澄提拔为翰林学士，与兵部尚书齐泰一起参与国政。黄子澄知道建文帝的心病，就去找齐泰商量削藩的计划。齐泰觉得藩王之中燕王最强，要先把他干掉。黄子澄却说："燕王势力最大，如果削他的藩，他要是动手反抗，该怎么对付？不如先找借口除掉其他诸王，这样燕王即使想反，也没人帮助，难以成事。"

建文帝听从黄子澄的建议，顺利削除了好几个藩王的爵位，将他们贬为庶人。燕王朱棣在战阵上杀过敌，又跟几位兄长明争暗斗了这么多年，对建文帝的目的当然是心知肚明。他知道削藩的大刀很快就要挥向自己了，便暗中派姚广孝等人秘密调兵遣将、训练士兵，想要赶在建文帝动手之前起兵夺位。这个姚广孝本是僧人，后来成为燕王朱棣倚重的谋士。他不仅是燕王起兵的主要谋划者，后来更是立下汗马功劳，以僧人身份成为历史上有名的"黑衣宰相"。

为了让朝廷放松警惕，朱棣假装生病，后来又假装发疯，跑到大街上大吵大闹，跟人抢酒喝、抢肉吃，有时甚至躺在土堆里，一整天都不起来，怎么看都像真的疯了。黄子澄、齐泰都劝建文帝趁机杀了他，建文帝却觉得燕王既然疯了,就没必要赶尽杀绝,因此犹疑未定。

靖难之役

1399年,做好万全准备的燕王朱棣设计擒杀了朝廷在北平的官员,控制住北平,然后宣布出兵南征,要诛杀建文帝身边的奸臣齐泰和黄子澄。当时朝中能征惯战的老将早已被明太祖杀个精光,建文帝只好先派老将耿炳文率十三万大军抵挡,虽连遭失败,却仍据守真定(今河北正定),未受重挫。但是后来,建文帝在惊慌失措之下,听信了黄子澄的建议,改命开国名将李文忠的儿子李景隆为主帅。出身将门的李景隆其实只是个无能的纨绔子弟,率军进攻北平吃了败仗,丢下士兵跑去了德州。建文帝询问战况时黄子澄不敢据实禀奏,掩饰说:"仗倒是打赢了,只是北方天气太冷,士兵们禁受不住,因此暂时退兵。"建文帝非常高兴,将李景隆升为太子太师。

第二年,李景隆再次率领六十万大军与朱棣交战。燕军人马只有十几万,数量虽少,却都是能征善战的老兵;朝廷的军队人数虽多,却是各有统属,配合不佳。第一天双方酣战到深夜,第二天再接着打。这个阶段,朝廷的军队占据上风，燕军并无优势，朱棣自己的战马也连连受伤，更换了三匹。可是后来，天上忽然起了大风，折断了李景隆的帅旗，朝廷的军队顿时军心大乱。燕军见状，趁势反扑，杀死、淹死朝廷将士十余万人，李景隆单人独骑逃回了德州。

战争前后持续了近四年，其间朱棣虽然屡屡获胜，却也吃过败仗，打得很艰难，地盘也没有增加多少。但是他始终没有放弃，还勉励将领们说："大家可不要泄气呀！当初汉高祖也是十战九不胜，最终夺得了天下，我们决不能退缩！"没过多久，燕军在灵璧大胜，俘获了大将平安等三十七名朝廷将领，士气大振，之后又接连攻下了扬州、高邮、泰州等地。

之后，朱棣率军渡过长江，直抵南京城下。李景隆开门迎降，一片混乱之中，建文帝不知所终。朱棣就此进入南京，登上皇位，年号"永乐"，他就是明成祖。由于朱棣出兵的借口是遵照明太祖遗训，作为藩王发兵除掉皇帝身边的奸臣、扫平国难，这场叔侄的争位之战在后来也被称作"靖难之役"。

2. 明成祖的文治武功

巩固皇位的手腕

为巩固政权,明成祖残酷镇压那些反对自己的人。靖难之役中曾在山东阻击燕王大军的兵部尚书铁铉,不肯附从燕王的礼部尚书陈迪、左佥(qiān)都御史景清等人都被残忍杀害。据《枝山野记》一书记载,大儒方孝孺一心忠于建文帝,明成祖请他来起草即位诏书,方孝孺指斥成祖是篡位,拒不肯写。明成祖正想拿他杀鸡儆猴,在天下士人面前树立自己的权威,就命人拿来纸笔,说:"这份诏书你非写不可!"方孝孺把笔扔到地上,明成祖大怒道:"你敢违抗我,就不怕株连九族吗?"方孝孺说:"你就是灭我十族,我也决不写这个诏书!"明成祖恼羞成怒,派人将方孝孺所有的亲属都抓来杀掉,不光是九族,连他的门生也没有放过,真的凑成了"十族",被杀的多达八百七十三人。

明成祖自己做藩王的时候总想着违抗皇帝,自己当了皇帝后,却也像建文帝一样,开始削弱藩王的势力。刚即位不久时,他曾为收买人心,给被建文帝削藩的几位王爷恢复了爵位。但是等到皇位巩固没多久,明成祖就开始向藩王们下手。他先后革去了代王朱桂、齐王朱榑(fú)、辽王朱植和周王朱橚(sù)的护卫军,还废谷王朱橞(huì)为庶人。他虽然没有像建文帝那样激烈地削藩,藩王们却也只能当个享受厚禄的富家翁,再也没有对抗朝廷的实力了。

明太祖在位时曾设锦衣卫监视官员和百姓,搞得人人自危。因为锦衣卫太过跋扈,后来就不再由其掌管刑狱了。现在明成祖靠武力上位后,很多人虽然嘴上不敢说什么,心中却十分不满。明成祖对此心知肚明。因此,为了巩固统治,他不仅恢复了锦衣卫的职权,还新成立了一个特务机构——东厂。掌管东厂的是宦官,他们随时出入皇宫,使唤起来非常方便。而且宦官没有子女,即便冒着杀头的危险造反成功,也不能世代相传,所以造反对他们而言是一桩赔本买卖。明成祖觉得这些人既方便好用又可信,便给予他们很大的权力,就连锦衣卫也受其辖制。

从此,明成祖利用东厂和锦衣卫监视天下臣民。就算没人造反,这些监视者也会搜集社会上的各种消息,哪里失了火、哪里打雷伤了人,甚至每个月底京城的米面粮油的价格，都要一一上报。皇帝虽然整日居于深宫，但只要想知道点什么，就没有知道不了的。在这种举措下，全国的官员和百姓都很担心因为一点小事就被上报、受罚，见了没胡子的成年男人都会感到害怕。

解缙与《永乐大典》

明成祖马上得天下，却标榜文治，召来大批文臣编纂大部头的典籍，比如《历代名臣奏议》《五经四书大全》等，希望以此在天下读书人心目中树立自己的明君形象。其中规模最大的要数《永乐大典》，是由解缙主持编纂的。

解缙出身于书香门第，从小聪明绝顶，号称"神童"，学问、诗文都好，胆子也大，对谁不满都会直说。据说，同乡有一位年老退休的李尚书，对解缙的才华名声很不服气，便请解缙去参加诗会，想当众奚落一下这位"神童"。解缙来到李府，只见大门紧闭，却也不肯走小门。李尚书见状，大声说："小子无才嫌地狭。"解缙立即答道："大鹏展翅恨天低。"李尚书听后大惊，心想这小子反应快，心气也高，的确厉害，忙命人打开大门相迎。

席间，解缙妙语连珠，令一个个想嘲讽自己的文人雅士哑口无言，赢得满堂喝彩。

后来解缙考中了进士，明太祖很欣赏他的才华，但觉得他年轻气盛，经验不足，不适合官场，便让他辞官回家了，心中却期待着他能够潜心修炼，日后成大器。解缙回到故乡潜心读书治学，进步不小，多年后才重新做官。明成祖让解缙进入内阁，主持编纂《永乐大典》。他们先后花了四年多时间，将中国几千年来的书籍中的各篇各卷，用毛笔楷书认真抄录，再按照书名末尾的字重新编排，汇集成了一部空前庞大的类书。

《永乐大典》共两万多卷，一万一千多册，总计约三亿七千万字。包含了自先秦至明初的各种文献资料，汇集了古今图书七八千种，非常珍贵。因为部头太大，没办法雕版印刷，这部书当时只有一部，后来嘉靖皇帝又让人重新抄录了一部，两部书都藏在深宫，供皇帝阅览。

然而才华横溢的解缙，最后还是因为自己的耿直个性遭遇了不幸。明成祖因不喜欢太子朱高炽，想改立勇武的汉王朱高煦，解缙听后却不以为然，作诗劝谏。后来，他更是当面对成祖夸赞皇长子仁慈孝顺，天下人敬服，皇长子的儿子朱瞻基更是聪明英武，将来会是个好皇帝，若废掉太子，未来天下就会失去朱瞻基这样一个好皇帝。明成祖听后，终于打消了废掉太子的念头。汉王朱高煦听说了这些事，怀恨在心，屡次向成祖进谗言，说解缙眼里只有太子，没有皇帝。明成祖觉得此言可信，便将解缙关进牢里，几年后更是暗示监狱的官员把解缙害死了。

天子守国门

　　元朝灭亡后，北元在明太祖的打击下也灭亡了。蒙古分裂为瓦剌（là）、鞑靼和兀良哈三部，他们相互混战，也常来骚扰明朝边境。大明皇帝和兵部官员远在南京，若要等边关的告急文书传到，再派人去抵御，恐怕就来不及了。明太祖在世时，有秦王、晋王和燕王等藩王在北方守着，现在燕王朱棣造反，成了明成祖，哪里还能放心派一个强大的藩王或将帅，给自己平添威胁呢？

　　明成祖思前想后，为了抵御蒙古人的侵扰，更好地控制全国，决定迁都北平。北平是辽、金、元三朝的旧都，北通草原，南接中原，交通也便利。明成祖还是藩王时，就在那里经营过多年，基础稳固。1403年，明成

积极有为的明成祖朱棣

祖下诏把北平改为北京，并陆续在元朝宫殿的基础上兴建明朝的宫殿。北京被修建成一座"八臂哪吒城"，东西两边各有四座城门互相对称，加起来就像哪吒的八条臂膀。1421年正月，明成祖率领文武官员，正式迁都北京。地处农耕与游牧边界地带的北京城成了首都，明成祖亲自坐镇于此，防范北面的蒙古残余势力，"天子守国门"就此成为明朝的政治传统。

明成祖本打算跟蒙古保持和睦，他把俘虏的蒙古将士遣送回去，还派使臣到鞑靼说："我主宰中原，你们的大汗主宰草原大漠，大家从此不再征战，不是一件美事吗？"不料蒙古人不但不听，还把使臣杀了。明成祖大怒，派十万大军攻打鞑靼，却遭遇惨败。1410年，明成祖率五十万大军亲征鞑靼。鞑靼部首领本雅失里得到消息后，认为自己兵力处于劣势，决定以避战为上策。但在撤退的路线问题上，本雅失里与鞑靼太师阿鲁台发生了分歧，他们一个希望向西撤，一个主张向东撤。最后，君臣二人各领一部人马分道扬镳。鞑靼在关键时刻的分裂，给了明成祖将其各个击破的绝佳机会。他亲自挑选精锐骑兵向西追击，在斡难河畔大破本雅失里，本雅失里只带着七名骑兵仓皇逃遁。接着，明成祖又率军向东追击阿鲁台，经过一场激战，阿鲁台溃不成军，最后只好投降。

此后，明成祖又四次率军北征漠北，还先后击败了瓦剌部、兀良哈部。尽管最后一次亲征阿鲁台部时没能彻底击溃对方，明成祖也在回师的路上去世，但几次远征暂时解决了明朝的边患，为北部边疆带来了几十年的和平，这是明成祖的一大功绩。

3. 郑和下西洋

远航使者的人选

明成祖赢得了靖难之役，当了皇帝。可是建文帝下落不明，生死未卜，明成祖对此总是感到不安。有人说，建文帝带着很多人逃到海外去了。虽然这话不知真假，可万一是真的，将来建文帝若是卷土重来，那该怎么办？成祖放心不下，就想派个信得过的人到海外去，若找到建文帝，就将其斩草除根。可是要漂洋过海，就得面对起止不定的海风、汹涌的海浪，还有海外那些大大小小的国家、原始部落，这可不是个容易的差使。谁能胜任呢？他想到了一个人，那就是郑和。

郑和是云南人，本姓马，小名叫"三保"，出生于一个回族家庭。郑和十二岁那年，正逢明太祖派大军平定云南，他便被明军俘虏，带去了当时的都城南京。郑和先是入宫当了太监，第二年又随军调到了位于北平的燕王府，从此开始追随服侍燕王朱棣。

朱棣起兵发动靖难之役时，聪明机智又谙熟兵法的郑和立了不少功劳。朱棣登基后，便让郑和做了宦官首领，主管宫殿、陵墓的建造和各种珍宝、香料的采办事宜，是个令人艳羡的肥差。成祖还赐他姓郑，这才有了"郑和"这个名字。明成祖信任郑和，认为他的智谋、胆略和军事才干在宦官中无人能比，因此便将出海寻找建文帝的艰难任务交给了他。

宝船入海

当时中国的航海技术已经非常先进，人们不仅能通过观测日月星辰来测定方位和船舶航行的位置，而且已经在航行中利用指南针辨别方向。此外，明代的造船技术也很发达，大海船可以乘坐上千人，配有各种设施，人们甚至还可以在船上养猪、种菜、种药材、酿酒，以及种植盆景等。而郑和率领的是大明皇帝的使团，坐的船更是了不得。最大的船长一百多米，宽度达五六十米，有四层，桅杆可挂十二张帆，要动用二三百人才能启航，是当时世界上最大的木帆船。中等的船也有一百二十多米长，四十多米宽。郑和的船队最多的时候有船两百四十九艘，同行的人达两万七千多人。船上还满载着瓷器、丝绸、铁器、金银等，因此被称为"宝船"。

1405年，郑和的船队从苏州刘家港出发，沿东海南下至福建，后往南一路访问了东南亚、南亚等多个国家和地区。他们每到一处，就向当地人颁布明成祖的诏书，竖立诏碑。如果当地人臣服，就赐给他们金银、布帛；如果他们不服从，就用武力使他们臣服。

当时满剌加（今马六甲）一带盘踞着一群海盗，首领叫陈祖义，他在这里经营十多年，最鼎盛时部众超过万人，拥有上百艘战船，在东南亚、印度洋一带海面上劫掠过往船只，也威胁着沿海城镇的安全。郑和来到东南亚时，陈祖义畏惧郑和船队，不敢与其正面冲突，假装投降。郑和识破了他的阴谋，便也顺水推舟，假装同

郑和率领宝船下西洋

意,然后乘其不备,发动突袭,当场杀死海盗五千多人,活捉陈祖义,把他带回南京,当着各国使者的面将其杀掉,使东南亚的海面获得了平静。

郑和第三次出使西洋时,锡兰山国王亚烈苦奈儿倚仗自己的军队人多,派了五万军兵,打算劫夺其船队。结果郑和趁其大举出兵、国内空虚的机会,快速攻破了他们的都城,将亚烈苦奈儿和他的家眷全部抓起来带回南京。明成祖为了向海外各国示恩,没有杀他,而是放他归国,另立了一位锡兰山国王。

国王亲自来朝贡

虽然有不少时候郑和都需要动用武力,不过大多数国家都对明朝来的庞大船队感到惊奇,常常自愿派使臣,带着珍奇异宝,跟郑和一起返航,向大明天子朝贡。有些国家,比如满剌加、苏禄、浡泥和古麻剌朗,甚至连国王也亲自出动。满剌加国王拜里迷苏剌和他的继任者曾先后四次来中国朝贡,浡泥国王麻那惹加那乃更是在南京朝贡期间,不幸病死在会同馆,明成祖为悼念他三天不上朝,将他厚葬在南京,命令官员每年春秋两季按时祭祀。国王亲自不远万里前来朝贡，可见明朝当时在周边国家眼中的地位之高，也由此留下了一段中外交流史上的佳话。

各国带来的贡物种类繁多，甚至还包括狮子、金钱豹、长角马哈兽、千里骆驼、鸵鸡等珍禽异兽。中国传说有一种神兽"麒麟"，谁也不知道是怎么回事，郑和的船队在海外发现了高大温驯的长颈鹿，认为这就是麒麟，也将它们带回了明朝。这些来自海外的奇特动物，令第一次见到它们的明朝人大开眼界，也成为郑和下西洋推动中外物种交流的象征。

从明成祖到明仁宗、明宣宗在位的几十年间，郑和先后率领船队七次下西洋，比欧洲的航海家达·伽马、哥伦布和麦哲伦的活动还早了半个多世纪。无论郑和远航的最初目的是宣扬明朝的国威，还是为了帮明成祖寻访建文帝的下落，这都称得上是世界航海史上的空前壮举，为中国和东南亚各国带来了贸易和友谊，使此后外国使节来中国访问变得极为频繁。郑和死后，明朝也派出过船队出海，但规模、影响都比不上郑和远航。

4. 大明帝国的耻辱

"土木之变"

明成祖死后,他的儿子朱高炽即位,就是明仁宗。仁宗为人宽厚,很受臣民爱戴,可是不到一年就死了。之后,太子朱瞻基继位,就是明宣宗。宣宗既有祖父的英武,又有父亲的睿智,他在位十年,挫败了汉王朱高煦的反叛,重用大臣杨士奇、杨荣和杨溥,合称"三杨",天下比较太平。历史上将这一时期称为"仁宣之治"。宣宗死后,太子朱祁镇即位,就是明英宗。英宗即位时还不满九岁,幸好有仁宗的妻子张太后和"三杨"主持国政,国家一切如常。可是后来张太后和"三杨"先后去世,英宗自己掌权,问题就开始出现了。他宠信宦官王振,对他言听计从,王振逐渐大权独揽。

这时北边的蒙古部落瓦剌已经崛起,瓦剌首领马哈木的孙子也先统一了各个部落,不肯再屈从明朝。他提出要同明朝的皇室通婚,否则就不再进贡马匹。遭到拒绝后,也先便召集蒙古各部,兵分四路向明朝发起进攻。

自开国以来,明朝对蒙古向来是胜多败少,明英宗年轻气盛，当然也期待像明太祖、明成祖那样调兵遣将、横扫漠北。再加上王振从旁吹捧，英宗忘乎所以，竟不顾群臣反对，决定御驾亲征。明军集结得很仓促，准备也不充分。将军们竭力规劝，英宗不为所动，只听信王振的话。可王振对打仗一窍不通，乱下命令，因此明军虽然多达五十万人，却连连失败，士气低落。

抵达大同时，下起了暴雨，将军们都觉得不宜再战，建议英宗撤回北京。可是王振为了显示自己的威势，竟带着皇帝和部队绕道去了自己的家乡，并且严令禁止军队踏坏庄稼。这样一来，大军只能挤在狭小的道路上，走得很慢。当明英宗退到北京北部的要塞土木堡时，大臣们劝皇帝加紧行军，王振却辱骂说："你们这些迂腐的读书人，懂什么行军打仗？"结果也先率领的瓦剌大军追了上来，明军在土木堡被团团围住，上到皇帝，下到士兵，全都成了瓮中之鳖。

在一片令人绝望的混乱中，众人对王振的一再贻误战机愤怒到了极点，护卫将军樊忠喊道："我今天要为天下除掉这个贼人！"接着便下令用大棰将王振打死。英宗见已经无法突围，索性跳下马来，面朝南方盘膝坐下，不一会儿就被冲上来的瓦剌兵抓走了。就这样，明英宗屈辱地成了一位被俘虏的皇帝。

　　这一仗，明朝从征的五十多个官员全部战死，士兵死伤了几十万。也先押着明军的二十几万匹骡马和所有衣甲器械等辎重，拥着英宗皇帝退兵北去。这就是明史上的"土木之变"。

北京保卫战

　　也先抓到了大明皇帝，认为奇货可居，便以此要挟明朝的大臣们，漫天要价。同时，他又带着大批的蒙古骑兵来势汹汹，直逼北京。大臣们既要保住大明江山，又要保住皇帝的性命，真是投鼠忌器，左右为难。有人提出干脆迁都退出北京，兵部侍郎于谦坚决反对，认为当年西晋、北宋南迁之后，都没能力恢复中原，坚决抵抗才是正确的选择。

　　朝臣们大都赞同于谦的主张，认为国不可一日无君，请明英宗的母亲孙太后出面稳住大局。孙太后采纳了于谦等主战派的意见，并下令英宗的弟弟朱祁钰主持朝政，于谦升为兵部尚书，主持北京防务。于谦得到权力后，将王振一家大小全部杀掉，以惩治他的罪恶。为了防止也先用英宗要挟明朝，他和大臣们征得孙太后的同意，立朱祁钰为帝，年号"景泰"，也就是景泰帝。同时，于谦积极调兵遣将，发动群众，构筑防御工事，调集粮草、军械，鼓舞人心，做好了与瓦剌军大战的准备。

1449年，也先挟明英宗大举南下。他假称议和，要明朝派人接英宗回朝，实则是想借此机会攻进北京。景泰帝和于谦对此坚决拒绝。也先恼羞成怒，派人从德胜门、西直门和彰义门进攻。可是明军早已在德胜门设下伏兵，百姓也来助战，城中威力巨大的火炮更是重挫了瓦剌的气焰。也先接连进攻了五天，也没能打进北京城，他的弟弟却被火炮打死，而明朝各地的军队也纷纷赶到北京前来救援，也先只好撤退。

"夺门之变"与于谦之死

也先撤回了军队，却又施起了新的阴谋。既然明朝已经另立新皇帝，不肯接回英宗，也先便将计就计，直接把英宗送回去了。这么一来，大明就有了两个皇帝，也先十分期待朝廷能上演一场混乱的好戏。

被俘的皇帝要回来，谁也不敢说不欢迎。可是景泰帝的宝座刚刚坐热,担心英宗回来后会抢回皇位,不肯点头。直到于谦保证,即使英宗回来也不需让位,景泰帝才同意。就这样,"土木之变"中被俘的明英宗终于回到了北京。景泰帝还是不能放心,便把明英宗软禁在南宫,又将宫门上了锁,锁里灌了铅,还把宫外的树木全部砍光,派锦衣卫严密监视,提防英宗跟什么人串联起来,图谋复位。这一锁就是七年,英宗只能吃从宫墙上的小洞里递进来的食物,有时候吃穿不足,还要靠皇后亲自做些针线活,托人带出去卖掉贴补生活。

景泰帝在位期间重用于谦等大臣,把国家治理得井井有条。但他为了让自己这一脉世代为君,不仅软禁明英宗,甚至把皇太子换成了自己的儿子,没想到新太子却夭折了。到了在位的第八年,景泰帝突然病重卧床不起。一时之间人心惶惶,一些大臣便开始谋划请英宗出来重新当皇帝。

大臣石亨、徐有贞和宦官曹吉祥三人带领一千多名士兵砸开南宫大门,将明英宗送回大殿,让他再一次当上了皇帝。石亨等人成功地帮英宗复位后,立即将拥立景泰帝的于谦等人逮捕,诬陷他们谋反。于谦知道石亨等人对自己是"欲加之罪,何患无辞",因此并不辩解。

可英宗知道于谦是有功之臣，对于如何处置他有些犹豫不决。徐有贞对他说："不杀于谦，复辟这件事就是师出无名。"于是明英宗拿定主意，判于谦斩立决。这位为国立下大功的名臣，就这样含冤而死。

读史点评

明成祖朱棣发动"靖难之役",从自己的侄子手中夺得皇位,通过厂卫特务机关控制大臣,待人带着一丝残忍和冷酷,不符合儒家士人对一位贤明帝王的期望。

但同生性懦弱、举止失当的建文帝相比,明成祖无疑是一个更加称职的皇帝。他继承了明太祖的雄才大略,各种举措对于明朝的国家安全、社会稳定都有积极作用。他在做燕王的时候反对削藩,可是即位后却继续削藩。藩王不再掌握军队,失去叛乱的基础,从而避免明朝不再重蹈汉代"七国之乱"、西晋"八王之乱"的覆辙。尽管后来也出现过个别藩王的叛乱,但很快就平息了,明朝的统治总体上是稳固的。他迁都北京,不仅有效地阻止了蒙古人进犯,也影响了中国后来几百年来北方政治、军事、文化发展的格局。他出于自私的目的派郑和下西洋,却能以成熟的政治眼光处理同外国的关系,从而加强了中国和东南亚及印度洋部分国家与地区的联系。可以说,明成祖作为一名政治家是很杰出的。

思考题

郑和下西洋与哥伦布到达美洲大陆的远航同样发生在15世纪,比较一下这两次远航在目的、规模、过程和影响等方面有哪些相同和不同之处。

第三章

帝国的衰落

1. 风格迥异的父子俩

弘治的中兴气象

经过土木堡惨败和后来争夺帝位的风波，明朝建国以来所开创的大好局面受到严重破坏。英宗死后，他的儿子朱见深即位，就是明宪宗，年号"成化"。

朱见深曾在"土木之变"后被立为太子，但景泰帝皇位一坐稳，就把他废掉，改立自己的儿子为太子。英宗复位后，他才又重新成为太子，最终做了皇帝。宪宗生性宽厚，为于谦平反冤案，任用商辂（lù）等贤能的大臣理政。但到了在位后期，他变得无心处理朝政，甚至很少接见大臣。为了强化对民间动向的掌控，宪宗又在东厂之外新设立了西厂，主管宦官汪直权势熏天，国家各方面的问题不少。

朱见深当初被废太子位时，有个名叫万贞儿的宫女一直陪伴、照顾他。宪宗对她既感激、又宠爱，本想封她做皇后，却遭到太后的强烈反对，只好封她做贵妃。万贵妃生病死后，宪宗悲痛欲绝，哀叹道："贵妃不在人世，我也活不了多久了！"结果没过多久，他就真的去世了。之后，其子朱祐樘（chēng）继位，就是明孝宗，年号"弘治"。

孝宗勤于政事，常和内阁大臣共同议事，为了批答一份奏折思前想后，尽可能周到妥帖。孝宗很倚重大臣刘大夏，派他治理黄河、大运河和江南的水患，在朝政上也总是询问他的意见。孝宗让他有什么意见只管写，密封后送给自己，避免其他大臣看到，因而可以直言不讳。刘大夏认为，这种密奏的风气一开，将会导致大臣之间告密成风，造成更多的政治隐患，所以没有同意，足见其清廉、明智。除刘大夏之外，戴珊、谢迁等大臣也都很正直。君明臣贤的弘治一朝政治清明，社会经济也得到振兴，史称"弘治中兴"。

孝宗贵为天子，一生却只册封了一个张皇后，不纳其他嫔妃，这在常有"三宫六院"陪伴的古代帝王当中算是难能可贵的。他们的儿子叫朱厚照，后来继承皇位，就是明武宗，年号"正德"，俗称"正德帝"。不管是在史书还是在民间传说里，正德帝这个人都有很多故事。

任性的正德帝

正德帝自幼聪明好学，宽厚有礼，原本应是个理想的储君。可皇宫生活对于少年来说实在太无聊了，这让他感到很烦闷。十五岁即位之后，以刘瑾为首的宦官们为讨小皇帝的欢心，变着法儿陪他玩乐，从此正德帝整天玩鹰驯狗、观赏歌舞、摔跤取乐。爱玩闹的正德帝在上朝的时候，竟然把自己的宠物带到奉天殿，让猴子骑在狗背上，然后放起爆竹来，吓得猴子和狗到处乱跳乱跑，搅得皇宫里乱作一团。

正德帝还在宫中建了好几家店铺，在酒店门口挂上"天下第一酒馆"和"四时应饥食店"的牌子，他自己扮作富商，让宦官们扮作商人和顾客，互相贸易，吵闹不休，晚上就睡在铺子的廊檐底下。他让侍臣于永、江彬等人修建"豹房"，里面豢养老虎、豹子等猛兽，放置各种稀奇好玩的设施。刘瑾仗着小皇帝的信任作威作福，被称为"站皇帝"，就连内阁首辅杨廷和也拿他没办法。大臣们纷纷上书请求严惩刘瑾，可刘瑾哭诉不停，看上去很可怜，正德帝一心软，不仅没杀他，反而严惩了进谏的大臣。后来大臣杨一清有样学样，让宦官张永也用哭诉这一招，揭露刘瑾的种种罪行。正德帝亲眼看到刘瑾私下训练死士用的兵器后，才相信他确实有谋反的野心，于是下狠心将他处死。

不过，喜欢胡闹的正德帝也有自己的抱负，他想亲率大军征讨四夷、平定叛乱，但是做法同样是荒唐的。他给自己另取了一个名字叫"朱寿"，封自己为"镇国公"，还让兵部存档、户部发饷。一人分饰两角，既是皇帝，又是将军。1517年，鞑靼五万骑兵进攻明朝。正德帝本打算御驾亲征，大臣们一再劝阻，于是他就派"大将军朱寿"统兵出战。经过一番激战，鞑靼被击退，正德帝自己也杀敌一名，非常高兴，于是将"朱寿"升为太师。

正德帝还想以朱寿的名义南下巡游，群臣拼命劝阻，正德帝竟下令在朝堂上当众杖责反对的大臣。一些年老的大臣当场被打死，但其余大臣依然拼死反对，正德帝只好作罢。几个月后，江西的宁王朱宸（chén）濠起兵谋反，正德帝看到自己大展身手的机会终于来了，很是高兴，立即率军到南方平叛。大臣们虽想劝阻，却也拦不住正德帝的步伐。谁知正德帝还没走多远，叛乱就已经被南赣巡抚王阳明平定了。得知消息后，正德帝非常扫兴，但仍未停止南下的脚步，在扬州、南京等地好好折腾了一番。他让人抢了很多民间女子，让家人用钱来赎，还借口跟官员们要钱。正德帝因为自己姓朱，又属猪，因此下令禁止养猪、杀猪，百姓只好将家里的猪偷偷杀了贱卖。正德帝这样在南方闹了八个多月，就是不肯回京。

好在平定宁王叛乱的王阳明聪慧过人，清楚皇帝的心意，于是重新献上捷报，说功劳全是太师朱寿的，正德帝这才高兴地返回北京。可是没过多久，他又突发奇想，要把宁王放回去再造一次反，然后由自己亲手捉拿。大臣们听了都哭笑不得。不过这个计划并没有实现，因为没过多久，正德帝就不慎跌落水中，染病去世了，当时才三十一岁。

正德帝在短暂的生命里做了不少荒唐事，但在维护君主专制这件事上他却丝毫不糊涂。他果断地诛杀了当权的宦官刘瑾，而且多次赈灾免赋，这些都是值得称道的。尽管如此，正德帝依然是明朝开国以来最荒唐的皇帝，导致当时奸党横行，忠良之士被驱逐殆尽，明王朝也加速走上了下坡路。

2. 嘉靖帝与严嵩

藩王进京当皇帝

正德帝死后,大臣们终于能按正常的礼法和制度来办事。内阁首辅杨廷和擒杀江彬,撤销豹房,成为大明的实际主宰者。可是正德帝死了,又没有留下能够继位的皇子,怎么办呢?杨廷和等人商量,决定帮正德帝起草遗诏,让他的堂弟朱厚熜(cōng)继承皇位。

朱厚熜是明宪宗朱见深之孙,兴献王朱祐杬(yuán)之子。在杨廷和看来,这样的出身原本只能做藩王,想做皇帝就得过继给孝宗,以太子之礼继位。然而,兴献王此时刚去世不久,朱厚熜为父服丧的三年期限都还没满,自然不肯答应。他说:"先帝的遗诏是叫我继承皇位,可没叫我做太子。"杨廷和虽然固执,也不能僵持着不让他登基,只好妥协。1521年,朱厚熜即皇帝位,次年改年号为"嘉靖",史称"明世宗"。

然而,嘉靖帝是否要改换父母的争论,到这里只是序曲。年仅十五岁的嘉靖帝刚一即位,便召集群臣商讨兴献王的尊称问题。以杨廷和为首的众朝臣援引前朝先例，认为嘉靖帝既是旁支入继大统，就要符合礼法，以明孝宗为皇考（古代皇帝对其逝去的父皇的尊称，"考"即死去的父亲），称兴献王为皇叔父。嘉靖帝当然不肯，可杨廷和也不愿退步，双方僵持不下。

有个名叫张璁（cōng）的进士一看讨好皇帝的机会来了，便上书支持嘉靖帝。他认为嘉靖帝是继承皇朝大统，而非继承孝宗后嗣，而皇统不一定非得父子相继。这么一来，就应对兴献王按更高的规格加以礼遇。嘉靖帝看到这份奏疏当然很高兴，把它拿给大臣们看，得到了桂萼、方献夫等很多中下层官员的支持，杨一清等老臣也表示认同。杨廷和等人只好以张太后的名义，同意尊兴献王为兴献帝，兴献王妃为兴献后。当年十月，嘉靖帝便以皇太后之礼，迎接生母入宫。

嘉靖帝坐稳皇位后，召来支持自己的张璁、桂萼和杨一清入朝主持朝政，请杨廷和辞官归乡。有大臣不肯放弃，仍在朝堂上下跪，反对嘉靖帝以兴献王为皇考，还冲着宫门大哭。嘉靖帝终于无法压制怒火，命令锦衣卫逮捕了为首的八个人，并对大哭者施与廷杖，更有十六个大臣被打死。这场历时三年的关于皇统的拉锯战被称为"大礼议之争"，最终以嘉靖帝的获胜而结束。

"大礼议之争"是明代历史上的重大事件,它不光是礼制之争,更是新旧政治势力之间的较量。在这之后,嘉靖帝得到了全部的皇权,也着手开始革新,以恢复明代的政治秩序。

青词宰相

总揽大权之后,嘉靖帝的确花了不少精力治理国家。他重视内阁的作用,抑制宦官的权力,不再让他们出去监视军中的将领。宦官犯了罪,就鞭打致死,并且不许收尸,以为警示。他注意选拔人才,多次下旨要大臣们寻访贤才。但是与此同时,嘉靖帝也日渐腐朽,常鞭打宫女、猜忌朝臣。后来更是沉迷道教,求长生之术,疏于政事。

道教常举行斋醮(jiào)仪式,以求与神明交感,这种场合,需要用朱笔在青藤纸上写一些形式工整、文辞华丽的文章,以上奏天庭、征召神将,是谓"青词"。嘉靖帝常让朝中大臣帮他写青词,许多大臣都因擅长写青词而得到封赏,顾鼎臣、袁炜、严讷、李春芳等人,就是这样做上内阁大臣的,人们因此称之为"青词宰相"。

这些人中最出名的要数内阁首辅严嵩。

严嵩因善写青词得宠，担任首辅后更是废寝忘食，努力把青词写得华美、漂亮。地方遭灾、边境有紧急军情时，大臣们要找他商量对策，也得等他写完青词再说。严嵩从政多年，对于国家大事本有自己的见解，可只要是嘉靖帝想做的事，即使荒唐可笑，他也会照做。嘉靖帝为求长生，大肆营建道教斋宫秘殿，劳民伤财。对此，严嵩非但不劝谏，还全力配合，只为向皇帝献媚。他的恭顺也的确得到了回报，官位稳如泰山，权倾朝野，专擅国政近十五年之久。其间，他以毒辣的手段陷害同僚、铲除异己，还和儿子严世蕃公开卖官鬻爵，收受了许多贿赂。在他的专权乱政之下，百姓惨遭蹂躏，明朝国力也衰弱了许多。很多人对严氏父子恨之入骨，据说当时边关地区的军民为了练习射箭，会扎起草人当作箭靶，其中一个就是严嵩，另外两个则分别是唐朝的李林甫和宋朝的秦桧。不管射中哪个，人们都是一阵欢呼。

嘉靖帝倚重严嵩多年，对他的罪恶也多有袒护。可是严嵩年老后，说话也常考虑不周。他曾经建议嘉靖帝立太子，又曾因皇宫失火劝嘉靖帝暂时搬去南宫——那正是当年英宗被拘禁的地方。这两件事都使嘉靖帝十分恼火。有一次，严嵩有事要奏报，大臣徐阶知道后，预先告诉宫中得宠的道士。于是道士告诉嘉靖："神仙说，今天会有奸臣奏事。"嘉靖帝接到严嵩的奏折，猜测他就是那个奸臣。此时御史邹应龙趁机上书，弹劾严嵩父子的罪状。于是嘉靖帝下令查抄严嵩的家产，查获黄金一万三千多两，白银二百多万两。之后严世蕃被杀，八十多岁的严嵩被削官还乡，最终在贫病中去世。

3. 海瑞骂皇帝

刚正不阿的芝麻官

嘉靖帝惩治严嵩、严世蕃，任用徐阶、高拱等人执掌国政。人人为此拍手称快，好像这么多年来，所有坏事都是严嵩、严世蕃做的。可是这时，偏有个小官上疏说，天下出了这么多变故，都是皇帝的错。这个小官就是后来有"海青天"之誉的清官海瑞。

海瑞四岁时就死了父亲，和母亲相依为命。母亲对他要求极为严格，不许他像别的孩子那样嬉戏玩耍。海瑞从小只知道认真读书，立志要做一个刚正不阿的好官。他先是考中了秀才，又中了举人，可是考进士的时候，连续两次都没有考中。于是，他就参加朝廷的选拔，到福建南平县做了四年主管县学的文官。海瑞官职虽小，却很有骨气。他主张学校是老师教导学生的地方，不是办公的地方，在学校里教师有自己的尊严，不该向上官磕头。有督察学政的上级官员到学校来，别的人都跪下，只有他直直地站着，像个笔架，因此得了个外号"笔架博士"。

几年之后，海瑞升迁，被任命为浙江淳安知县。他看到富人土地宽广，却不用缴税，穷人收不到什么粮食，却要缴上百亩田的租税，就重新丈量土地，按照各家田产的实际数量收缴赋税，减轻当地贫苦农民的负担。海瑞本人非常节俭，平日里粗茶淡饭，只穿布衣，还在院子里种菜，自给自足。只有母亲过生日的时候，才会买上两斤肉。

官场上的海瑞也是刚正不阿，从不做包庇之事。浙直总督胡宗宪的儿子途经淳安时，由于驿卒拿不出足够的东西供应他和从人的饮食，竟将驿卒吊起来痛打。海瑞下令将他抓起来，又将其携带的几千两银子没收入国库，并写信上报胡宗宪，说这人胡作非为，绝不可能是总督大人的儿子。胡宗宪虽然生气，却也不便发作。

严嵩的党羽鄢懋（mào）卿南下巡察盐务，一路上贪污受贿、无恶不作。海瑞知道了，就派人送信给鄢懋卿，说淳安这地方又小又穷，没钱招待上差，请他改走别的路。鄢懋卿没办法，只好绕道，却怀恨在心，不让人提拔海瑞。不久后严嵩倒台了，鄢懋卿自身难保，海瑞这时也改到江西安国去做县令，不久又升任户部主事。

备好棺材上奏疏

嘉靖帝晚年愈发沉迷于道教，不理朝政，使得政治紊乱、民生凋敝。众朝臣无人敢劝，都顺着他来，争相送他有祥瑞之兆的物件。这个时候，只有海瑞勇敢地站了出来。

海瑞知道谏言会惹来圣怒，因此在上疏之前就给自己买好了棺材，把家人托付给朋友。安排好这些后，他便向嘉靖帝递呈了《治安疏》，批评皇帝迷信巫术，生活奢华，不亲近朝臣、儿子、妃嫔。又指出国家的赋税越来越重，老百姓生活困苦，甚至有了"嘉靖嘉靖，家家皆净"的笑话。这道奏折几乎把皇帝骂得一无是处,嘉靖帝看后怒不可遏,命令身边侍从把海瑞抓起来,不能让他跑了。旁边的宦官却说:"海瑞性格愚直,上疏前就已经有了赴死的打算,已经安排好后事,家里的奴仆们也都四散而去了,他自己肯定是不会跑的。"

嘉靖帝早年也算是英明、勤政,当然知道好皇帝是什么样子,也知道自己现在的做法绝不像个好皇帝,不由得又羞又愤。可是身为一国之主,怎么好轻易认错?他拿起海瑞的奏章看了又看,叹息道:"这个人是比干一样的忠臣,但朕也不是商纣王啊!"不久,嘉靖帝生病了,说:"如果朕身体好好的,能够上朝议政,怎么能沦落到被海瑞责骂的地步呢?"于是,他将海瑞抓进监狱,但并没有杀他。不久后嘉靖帝去世,他的儿子朱载垕(hòu)继位,就是明穆宗,年号"隆庆"。

海瑞一生严格按照儒家道德的标准做事,简直是从书里走出来的好人、好官。他骂皇帝,可又忠于皇帝。当他在牢中听到嘉靖帝的死讯,一头晕倒在地上,整整痛哭了一夜。隆庆帝即位后没有杀他,而是将他释放出狱,官复原职。三年之后,海瑞又升至都察院右金都御史、江南巡抚这样的高位。海瑞在江南做了很

敢骂皇帝的谏臣海瑞

多实事，深得百姓的爱戴。他肃清吏治，命令官员、富户将侵吞他人的田地全都退回去，又疏通吴淞江，促进农业的发展。很多贪官污吏听说海瑞来了，都自动辞职。有些显赫的权贵把家里的红门改漆成黑色，再也不敢胡作非为。

不过，海瑞得罪的人实在太多了，隆庆年间的大臣高拱和万历年间的首辅张居正都很讨厌他。所以海瑞最终还是被罢了官，回了老家。直到张居正死后，万历皇帝才重新任用他做南京督察院右都御史。海瑞一生清廉，身为二品大员，到他死的时候，家中的帷帐是葛布做的，箩筐也是破的，连丧事都是同情他的官员们凑钱办的。

4. 抗倭英雄戚继光

战场与官场

15世纪后期，中国的邻国日本进入了分裂的战国时代。由于明朝的朝贡政策是每收到一批贡品，就要相应地赏赐给外国一笔价值高得多的财物，于是日本的各诸侯国都想通过朝贡从明朝那里获得大量赏赐。明朝面对沉重的财政负担，一直限制日本人朝贡的规模。这些日本人没办法通过朝贡获得足够多的收益，就同中国的海盗汪直、徐海等人勾结，在朝鲜和中国作乱，被称为"倭寇"。这种情况在嘉靖年间变得更加严重。朝廷派了很多人抵御倭寇，其中军事统帅有张经、赵文华、胡宗宪等，将领则包括俞大猷（yóu）、戚继光、谭纶等，这里面又要数戚继光的"戚家军"影响最大。

戚继光祖上曾随明太祖起兵，家里世世代代都是明朝的武官。他的父亲戚景通晚年才生了这个儿子，希望他继承祖业并发扬光大，因此取名叫"继光"。戚继光从小跟着父亲读书识字、学习武艺，也读了许多儒家经典，懂得很多道理。戚继光十七岁时父亲去世，就做了家族世袭的登州卫指挥佥事。一开始他只是管理屯田之类的事务，后来才华逐渐显露，先是受张居正的推荐，负责抵御山东沿海的倭寇，很快又调往浙江，被浙直总督胡宗宪提拔为参将。

1557年，倭寇进犯乐清、瑞安、临海等地，戚继光率军前往，和俞大猷、谭纶一起打了不少胜仗。老谋深算的胡宗宪更是用计诱杀了海盗头子汪直，戚继光和俞大猷趁势会合，猛攻倭寇的老巢岑港。岑港地势高，倭寇又在这里经营多年，明军久攻不克。嘉靖帝稳坐深宫，听信谗言，认为戚继光、俞大猷作战不力，将他们革去官职，命其戴罪立功。戚继光和俞大猷杀敌无数，又击沉了倭寇逃走的大船，终于拿下了岑港。戚继光官复原职，而俞大猷却被关进监狱，幸亏有朋友向严世蕃送了银子求情，才从牢中被放了出来。

战无不胜的"戚家军"

打过几年仗之后，戚继光深感军队纪律太差，总想自己招兵、练兵。他向上级申请多次，总被嫌多事，不予理睬。总督胡宗宪自己也练过兵，但收效不好，因此并不看好戚继光的练兵计划，但还是勉强同意了。戚继光发现浙江义乌的百姓为了争夺采矿权，打起架来又狠又凶，于是便选择在此地招兵。他不要城里人，不要当过官差的，不要打过败仗的，这样精挑细选下来，招到的三千名士兵都是杀敌勇敢、作风老实的勇士。

为了让这些士兵成为真正的虎狼之师，戚继光严格要求他们练武艺、守军纪，并为他们精心设计了一套有效的战法，叫作"鸳鸯阵"。这种阵型以十二人为一队，最前面有一名队长负责指挥，后面两个人手持盾牌抵挡敌人的攻击，掩护队友。再后面的两个人手持狼筅（xiǎn），这种兵器是在毛竹一端装上枪头，两侧还有枝杈，由力气大的士兵手持，在战场上横扫敌军，威力巨大。接着是持长枪的四个人，左右各两人，再后面是两个手持短兵器的士兵负责支援。最后一名是伙食兵，负责后勤。十二人的战斗小组有攻有防，配合周密，杀伤力极强。军营中还有大量的鸟铳手、弓弩手、火箭手，这支军队战斗力比一般的军队强得多，令倭寇闻风丧胆，被称为"戚家军"。

1561年，两万多倭寇大举入侵浙江沿海的台州，他们见岸上防守的明军数量不多，便完全放松了警惕。而倭寇不知道的是，对面已经不再是之前软弱的明军，而是强悍的"戚家军"。"戚家军"排成鸳鸯阵，分组相互配合协同作战，倭寇被打得晕头转向，还没看清明军的阵法就被巨大的狼筅扫倒，来不及起身还击就已经被后面冲上来的长枪手刺死。

"戚家军"初次在战场上亮相，就给了敌人措手不

令倭寇闻风丧胆的"戚家军"

及的沉重一击。台州之战中,"戚家军"不仅以少胜多,而且一连九战九捷,一个月内消灭倭寇达数千人。经过戚继光、谭纶、俞大猷等人率军清剿,浙江、福建、广东几省的倭寇相继都被剿灭。困扰东南沿海多年的倭患问题终于得以解决,沿海地区的百姓又能过上安定的生活了。

嘉靖帝死后,继位的隆庆帝认识到倭寇侵扰的原因之一就是贸易不通,因此允许漳州、泉州地区的居民去到东洋和西洋贸易,史称"隆庆开关"。日本人有了合法的贸易渠道,也就没什么人再去当倭寇了。由于戚继光的出色表现,朝廷调任他到北疆抵御蒙古入侵,戚继光在那里又立下新的功勋,击退了蒙古朵颜部酋长董狐狸的多次进犯。

读史点评

明朝中后期的皇帝中,出现了顽劣胡闹的正德帝和固执迷信的嘉靖帝。当皇帝不再履行职责,文官集团就显得特别重要,他们按照国家的法令、制度和惯例,维持着这台庞大的机器按部就班地运转。除了嘉靖年间的倭寇作乱,这一时期整个明朝的政局还算平稳,社会基本安定,经济相当繁荣,文化也很发达。

然而僵化的机制难以应对日益复杂的局面。藩王的叛乱、严嵩的专权,以及对蒙古、倭寇的战争,都使文官集团越来越穷于应付。本来由皇帝、内阁、将帅们同心协力就能解决的问题,变得艰难无比。到了万历、天启两朝,旧问题日益严重,新问题又不断涌现,最终积重难返,不可收拾。

思考题

老子主张"无为而治",西汉初年就曾奉行这种学说,"萧规曹随"使社会经济逐渐得到恢复。为什么明朝的嘉靖帝几十年不理朝政,却使国家弊病丛生?

第四章

大明末路

1. 万历帝和张居正

九岁登位的天子

嘉靖帝晚年迷信道教，听信道士"二龙不相见"的言论，不跟自己的儿子见面，也不立太子。因此直到嘉靖帝驾崩之前，皇储朱载垕（hòu）都只是个亲王，生了儿子也不敢向嘉靖帝报喜，更不敢给他起名字。直到他登基成为隆庆帝，才给孩子起名朱翊（yì）钧，立他做太子。

隆庆帝找来一大批文臣为教官，辅导朱翊钧读书。希望他从小就了解历代帝王治国之经验教训，为未来驾驭臣民做准备。朱翊钧的生母李太后出身卑微，原本是宫女，后来母以子贵，才晋升为贵妃。她对儿子非常严厉，孩子稍有懈怠，就让他跪在自己面前。在讲官的辅导和李太后的管教之下，朱翊钧每日刻苦用功，天还没亮就起床诵读儒家经典和史书，然后再听儒臣讲解，直到中午才结束，无论寒冬酷暑从不间断。这种对待读书的认真态度在明朝的皇帝中是不多见的。

1572年隆庆帝病死，年仅十岁的朱翊钧继位，就是明神宗，年号"万历"。按照隆庆帝临终前的安排，高仪、高拱和张居正三位内阁大臣辅佐年幼的万历帝。三个人都是内阁大学士，他们既是小皇帝的辅政大臣，也是他在治国理政方面的老师。万历帝从即位开始，就严格按照祖宗旧制与大臣一起研读经典。

后来，三位辅政大臣之间展开了一番明争暗斗，最后只剩张居正一人留在万历帝身边，担任内阁首辅大臣。张居正在朝中主持国政，在宫中又受李太后的指派，负责教小皇帝读书。他不仅相貌威严，性格也十分强硬，当上首辅之后更是对人倨傲，令人望而生畏。万历帝对他也是又敬重又畏惧，把他视作严厉的老师。

首辅张居正

张居正从小就是远近闻名的神童，二十三岁就中了进士，被选进翰林院任职。他得到朝廷重臣徐阶的赏识，在其引领下努力钻研朝章国故。隆庆帝也非常欣赏他，一年之内就将他提拔成一品大员。后来张居正成为万历帝的内阁首辅，主管朝中大小事务。

万历帝即位之初，许多皇族和官僚利用特权大量侵占土地，却不用纳税，严重影响了朝廷的财政收入。加上应对边疆战事的军费支出，国库有些捉襟见肘，财政危机日益加剧。朝中官员也日渐懈怠，出现了人浮于事、效率低下的弊端。为此，张居正以整饬吏治、富国强兵为核心，提出了一系列改革方案。

张居正的改革从整顿吏治入手，吏治的好坏也是关系到整个改革能否成功的关键。张居正把吏治清明视作治国安民的首要前提，下决心大刀阔斧地整顿颓废、低效的官场风气，以保证改革的各项政令能够畅行无阻地贯彻。他下令实行"考成法"，要求所有事情都由专人负责，必须在规定的期限内完成，严格考核官员的政绩。内阁、六部和各省的长官层层监督，视情况予以奖励或惩处，使大大小小的官员在工作中都不敢懈怠。

张居正用人注重真才实干，而不看重一个人中没中进士、名声好不好。比如潘季驯曾被弹劾罢官，但他是个难得的水利专家，张居正就重新起用他来治理黄河河道，取得了巨大的成效。又如殷正茂、凌云翼这两个人各有缺点，一个贪财，一个好杀人，但是他们治军有一套，雷厉风行，说一不二，张居正就让他们管理两广地区的军队，人尽其才。此外，张居正还任用李成梁镇守辽东，李成梁这个人毛病很多，却将辽东的女真人收拾得服服帖帖。

在经济方面，张居正下令丈量清理全国的耕地，并改革税制，实行"一条鞭法"，把之前名目繁多的各种税赋统一成一种税，既方便征收，也使明朝的财政收入得到了改善。

这些举措使明朝中后期的政治、军事面貌焕然一新，经济状况也大为改善，开创了万历前期的新气象，一举扭转了正德、嘉靖两朝以来因循形成的颓势。

张居正当国十年，推行改革可谓雷厉风行，但他行使的其实是本属于皇帝的大权。年轻的万历帝在这位严厉的老师面前，难免会感到自己受到了轻视。而张居正对万历帝实在过于严苛，自己却生活奢华，对吃穿都非常挑剔、讲究，这更让万历帝生出了逆反心理。张居正病逝后没多久，终于开始亲政的万历帝就找借口抄了他的家产，查获大量金银，之后更是剥夺了他的官职和头衔。尽管张居正的确有作风专断、生活腐化等缺点，但他厉行改革的勇气和改革取得的成效仍然值得肯定，只不过改革随着他本人被彻底否定也无疾而终，无法改变明朝走向衰落的趋势。

三十年不上朝的皇帝

亲政之后的万历帝终于体会到了大权在握的快感，先后主持了三次大规模的战事，分别是抗击日本军阀丰臣秀吉侵略的援朝之战、平定蒙古酋长哱（bā）拜叛乱的宁夏之战和平定苗疆土司杨应龙叛乱的播州之战，合称"万历三大征"。三场战争耗时长久，将士死伤几十万，花费了上千万两白银，国库几乎消耗一空。

如今再也没有张居正那样的大臣约束自己了，万历帝开始沉湎于酒色，几年之内不仅身体日益虚弱，而且懒得处理朝政。他不再召大臣们前来讨论政事，只通过谕旨发布命令，到后来甚至连大臣们的奏章也懒得批复了。大臣们长期见不到皇帝的面，朝政问题无从请示，自然对万历帝意见很大。终于在立储这个问题上，君臣之间彻底闹翻了。

万历帝的长子朱常洛是宫女所生，万历帝并不喜欢，他喜欢的是郑贵妃生的福王朱常洵。万历帝想立朱常洵为太子，但大臣们认为朱常洵并非皇后所生，也是庶子，没有优先的权力，而朱常洛作为长子，理应立为太子。当时朝廷大臣中党派林立，其中势力最大的东林党也认为立长子才名正言顺。万历帝再三争取，大臣们坚决不肯退让，而皇后也一直没有生下嫡子，因此这个问题久拖不决。

就这样，君臣争论长达十五年之久，最后在太后的干预下，万历帝只好立朱常洛为太子，封朱常洵为福王。此后，因为福王一直住在北京，又惹得大臣们纷纷上书，要求福王按祖制到自己的封地居住。万历帝为此恼怒极了，索性三十年不出宫门、不理朝政，以至于新来的官吏都不知道皇帝长什么样子。

万历帝年轻时被张居正教导一定要节俭，后来却发现张居正自己的生活极尽奢靡，逆反心理刺激了万历帝对金钱的欲望。可当时朝廷面临着长期难以解决的财政困难，万历帝便派出大批宦官去全国各地负责开矿、征税的事务，到处搜刮钱财，存进自己的小金库。而这时东北的女真人首领努尔哈赤正在崛起，他统一女真各部，建立起后金，并在萨尔浒之战中大败明军。为了抵抗后金，万历帝开始向百姓征收"辽饷"，再一次给人民带来了沉重的负担。

2. 木匠皇帝与"九千岁"

以天下为己任的东林党

万历中后期，皇帝长期不上朝，也不见大臣，二十几年下来，很多官员老了、死了，影响朝政，他也不让人增补。加上宦官横行，民生凋敝，大明已是国将不国，一些有志士人为此愤慨不平。吏部郎中顾宪成就是因为直言敢谏惹怒万历帝被削官革职的。回到无锡老家后，他开始从事讲学活动，修缮东林书院。许多江南的官员和士人都会聚在这里，讲学问，论朝政，提出了很多利国利民的主张。书院中有一副对联叫："风声雨声读书声，声声入耳；家事国事天下事，事事关心。"这也是这批人的心声。当时全国有很多人受他们影响，赞同他们的主张。这些人被称为"东林党"，是一股不小的势力。

东林党兴起之时,也陆续出现了几个按籍贯划分的党派,他们为了争权,与东林党展开了争斗。争斗的主线就是要不要拥立朱常洛做皇太子,明朝末期著名的宫廷三案——"梃(tǐng)击案""红丸案"和"移宫案",正是在这样的背景下发生的。

1615年,有一个叫张差的男子手持木棍闯入东宫,打伤了守门的侍从。东林党人和不少官员都怀疑,此事的幕后主使可能是福王朱常洵的母亲郑贵妃,目的是谋害太子。但没人查得清事情的真相,万历帝也舍不得惩处郑贵妃,最后只是处死张差和那两个太监,这桩"梃击案"也成了一大疑案。

1620年,万历帝病逝,太子朱常洛继位,他就是光宗。光宗即位后,为内阁增补官员,停止征收矿税,本想有一番作为。可是他登基没几天就得了病,吃过太医的药后不见起色。这时,有个叫李可灼的官员自称有"仙丹",病急乱投医的光宗服下他进奉的两颗红丸后,不出一天就猝然而逝。东林党人这时又怀疑是郑贵妃从中作祟,还联系起了"梃击案"。但是由于郑氏势力阻挠,郑贵妃并未被追究,"红丸案"成了又一桩悬案。

光宗去世后，应由皇长子朱由校继位。朱由校从小就被郑贵妃送去光宗身边的宠妃李选侍那里照料。李选侍不许朱由校跟别人说话，只能听自己吩咐。光宗死后，李选侍不愿迁出乾清宫，意图挟天子以弄权。东林党人杨涟、左光斗等人担心这样下去皇帝会被妇人控制，便仗义执言，逼李选侍从乾清宫搬了出去——这就是移宫案。朱由校正是在东林党人的支持之下，才得以摆脱郑贵妃和李选侍等人的钳制，正式即位，他就是明熹宗，年号"天启"。

在这个复杂变幻的时期，东林党的官员除了一直拥护朱常洛、朱由校，反对郑贵妃、朱常洵、李选侍之外，也同各反对党派展开了权力斗争，力图革新朝政，肃清腐朽势力。然而，正是这样的做法，后来触犯到了天启帝时期专权的大太监魏忠贤。

阉党得势

天启帝从小没有母亲，抚养他长大的李选侍总想控制他，乳母客氏则对他温柔、恭顺，天启帝对她很是依赖。做了皇帝之后，御厨做的珍馐美味天启帝全不喜欢，只爱吃客氏用各种海鲜一锅炖出来的食物。客氏夏天怕热，天启帝就在宫中给她搭起大凉棚，经常给她送来冰块解暑。客氏想要什么，天启帝都愿意满足她。与客氏交好的宦官魏忠贤，因此受到了皇帝的格外信任，即便他没什么文化，甚至不识字，也被委以掌管东厂和司礼监的重任。

天启帝心灵手巧，对治理国家没什么兴趣，反倒喜欢制造木器。在他眼里，拿着斧头、刨子、锯子、凿子做木匠活，比坐在龙椅上听大臣们议事、批答奏折有意思多了。不管多漂亮的桌椅箱柜、亭台楼阁，只要他看过，都能够照着做出来。天启帝痴迷于木匠活，魏忠贤就专挑他干活干得高兴的时候跑来奏事。天启帝听得不耐烦，就直接说："知道了，没看我正忙着吗？你自己看着办吧。"这样一来，魏忠贤无论说什么话，大臣们都觉得这是皇帝的意思，谁也不敢违抗，他因此权倾天下。

那些被东林党打击过的人纷纷向魏忠贤献媚，讨他欢心、求他庇护，连尚书、都督这样的大员也听他的。久而久之，便形成了以魏忠贤为核心的阉党集团，也是明朝开国以来最大的阉党集团。

权势熏天的魏忠贤

东林党人眼见魏忠贤权力越来越大,而且欺瞒皇帝,包庇手下人为非作歹,都想将他扳倒。杨涟上书说魏忠贤有二十四种大罪,其他大臣也纷纷上书,希望皇帝能将他治罪。魏忠贤见东林党人势力不小,想找人调解,可东林党人志在匡扶天下,不肯妥协。于是魏忠贤便利用天启帝的信任,想方设法迫害东林党人,将他们罢官的罢官,杀头的杀头。杨涟、左光斗等很多人被下了大狱,以酷刑折磨致死。

当时远在辽东抗击努尔哈赤的军事统帅熊廷弼,也因为参与了东林党对魏忠贤的弹劾而被诛杀,这使得努尔哈赤的势力更加壮大。熊廷弼死后,由名将袁崇焕主持东北防务。他坚守宁远城,用威力巨大的红夷大炮(也作"红衣大炮")击退敌军,令努尔哈赤遭遇惨败,最终郁郁而亡。可魏忠贤却跟皇帝进谗言说,这些功劳都是自己和阉党立下的,因此受到很多封赏。而袁崇焕非但没得到应有的赏赐,还被挑毛病、挨训斥,一气之下便辞官回乡了。

东林党人之外,宫中的张皇后也早就看不惯魏忠贤和客氏,向天启帝暗示魏忠贤就是赵高那样的野心家。魏忠贤非常恼怒,不择手段,用诡计让皇后流产。魏忠贤和客氏把自己的心腹宫女派到皇帝身边,如果生下儿子,就扶持他为太子,以期长久把持朝政大权。为了确保这个计划的顺利实施,他们竟残忍地将宫中其他怀孕的妃子都找理由杀掉,导致天启帝在位多年却一直没有子嗣。

阉党之人为了向魏忠贤献媚,也是不遗余力。只要有什么好事,都说是他的功劳。天启帝分不清是非对错,一概同意,加封魏忠贤为上公。此外,全国各地的奸臣们还争着给魏忠贤建立生祠,像对待死掉的杰出人物一样祭祀、膜拜,甚至连王爷也跟着这么做。这些祠堂建得一个比一个豪华,侵占老百姓的田地,种植名贵的花木,无人敢控诉。更有甚者,还主张把魏忠贤和孔子一起祭祀。魏忠贤出游时排场也很庞大,还有士大夫在路边跪拜行礼,高呼"九千岁",比皇帝的"万岁"只差一点点。

明代先后多次出现受皇帝宠信的宦官专权干政的现象,到了魏忠贤和他的阉党势力算是达到了宦官权势的顶峰。阉党横行霸道,随意欺压百姓、横征暴敛,令天

魏忠贤与专权横行的阉党

下人苦不堪言。朝廷的风气也由此彻底败坏，奸佞之人当道，法度废弛。明朝至此也已走到了末路，可以说与阉党对王朝肌体的腐蚀不无关系。虽然魏忠贤一时权势熏天，但他的一切都依赖天启帝的宠信，这也注定了他灭亡的结局。

3. 无力回天的崇祯帝

关外的危局

1627年，年仅二十三岁的天启帝去世，其弟朱由检继位，并于第二年改年号为"崇祯"。魏忠贤用计害得天启帝没能留下子嗣，他也因此没有办法照原计划弄权。不过，即位的崇祯帝也只有十七岁，魏忠贤算计着用春药让新皇帝沉迷女色，以方便操控。

可崇祯帝清楚魏忠贤的罪恶，感知到了危险，戒心很重，并未让他的奸计得逞。坐稳皇位之后，崇祯帝更是马上列举魏忠贤的十大罪状，将他赶出京城。魏忠贤自知难逃一死，半路就上吊自杀了。接着崇祯帝又采取一系列措施，大力铲除阉党，或处死，或充军，或判刑，或革职。禁止宦官私自出紫禁城，严格限制宦官的权力。此外，他还平反冤案，重新起用东林党人，向他们咨询治国良策，让他们为自己讲解儒家经典。朝中上下都觉得，大明朝又有了一位贤能的君主，国家振兴有望。

当时，关外东北的女真人已经建立了后金政权。努尔哈赤死后，他的儿子皇太极掌握大权，实力迅速发展，还征服了蒙古，给明朝造成了很大威胁。忧虑之下，崇祯帝于1628年决定重新起用袁崇焕镇守辽东。为了获得足够的支持，袁崇焕表示自己能在五年之内收复辽东，因此希望得到充足的权力和粮饷。崇祯帝虽然不太高兴，但还是赐给他一柄尚方宝剑，只要有人不听号令，准许他先斩后奏。

袁崇焕赴任后，斩杀了不受节制的皮岛守将毛文龙，坚守宁远、山海关等地。皇太极无法突破袁崇焕的防线，于是改从蒙古南下，直逼北京。袁崇焕大惊，连忙调集各处的兵马到北京救援，皇太极也不敢恋战，在北京周边大肆抢掠之后，撤回了辽东。北京城有惊无险，可是京中官员却不断说袁崇焕的坏话，说他身为辽东主帅，却将皇太极放入京城，这是大罪。

皇太极的父亲努尔哈赤就是因袁崇焕而死的，现在自己也处处受袁崇焕阻击，认为要想战胜大明，必须先杀袁崇焕。于是他派人将两封密信丢在明军出没的地方，说自己要跟袁崇焕和谈，又故意让人在两名被俘的宦官面前说袁崇焕同意帮助自己攻取北京，然后装作不小心让宦官逃走。崇祯帝本来就对袁崇焕颇为不满，现在又听到这些消息，愤怒之下逮捕了袁崇焕，并残忍地将他当街凌迟处死。

一代名将袁崇焕就这样背负着"通敌叛国"的罪名含冤而死了。而明朝抵御后金军队的最后一道防线，也随着袁崇焕的死而濒临瓦解，明朝很快就灭亡了。颇为讽刺的是，后来下令为袁崇焕平冤昭雪、让后人知道他其实是一位惨遭诬陷的忠臣良将的人，恰恰是清朝的乾隆帝。

闯王攻入北京

袁崇焕的死，使明朝在东北的局势变得更加恶化。但明朝疆域辽阔、物产丰富、人才众多，只要中原稳定，并不一定会落败。可崇祯帝面对的不只是朝廷中的阉党、东北的皇太极，还有大自然降下的灾祸。明末时值"小冰河期"，气温大幅下降，全球各地灾害频繁，粮食减产。当时冬天奇寒无比，连广东都下了暴雪，夏天不是大旱就是大涝，农民辛苦种地却收获不多，还得缴纳租税，生活困难极了，各地纷纷起义。

当时，陕西有个叫李自成的贫苦农民，他小时候曾被舍入寺庙当和尚，给地主牧羊度日，十几岁时父母双亡，他便去银川当驿卒过活。然而当时朝廷正好在精简驿站，李自成因此失业。他又去甘肃当了兵，可朝廷总是拖欠军饷，军官们还经常盘剥下属，士兵们实在活不下去，便发动了兵变。李自成参加了起义，到处转战，后来东渡黄河，投奔被推为"闯王"的起义军领袖高迎祥。由于作战勇敢，有胆有识，李自成很快被称为"闯将"。高迎祥兵败被杀之后，他就成了闯王。

为了壮大起义军，李自成提出"均田免赋"的口号。人们听说闯王来了，都高兴地唱道："杀牛羊，备酒浆，开了城门迎闯王，闯王来了不纳粮。"中原各省的老百姓望风响应，李自成的军队很快发展到了好几万人。

为了镇压起义军，崇祯帝派洪承畴、孙传庭等人带

埋葬大明王朝的"闯王"李自成

兵各处征剿。起义军本就是饥饿的农民，打了胜仗，只会使更多的人来投军，如果战败了，起义军就跑到别处，或暂时投降。为了筹集军费，崇祯帝又向全国征收"剿饷""练饷"，加上万历朝时起征的"辽饷"，使人民的生活雪上加霜。因此官军不管是胜是败，农民都没有粮食吃，士兵也领不到军饷，投奔义军的人越来越多，起义军的势力因此有增无减。

1641年，李自成攻占洛阳，杀死了福王朱常洵，没收大批金银财宝和粮食。他招抚流亡的贫苦农民，给他们耕牛和种子，让他们安心生产。1644年，李自成改西安为西京，定国号为"大顺"，自封"大顺王"。另一位起义军领袖张献忠也在四川建立了"大西"政权，跟明军作战。崇祯帝惊慌失措，想让朝廷官员捐献军饷，抵抗起义军。可是官员们早已腐化，不愿响应。官员不忠心，士兵无战心，李自成就这么一路东进，顺利进入北京。走投无路的崇祯帝仓皇逃上煤山，在一棵槐树上吊死，明朝就此灭亡。

李自成建立政权后，招降明朝将领，其中也包括在东北抵抗清军的宁远总兵吴三桂。可是吴三桂听说起义军在北京杀人、抢劫，自己的父亲吴襄受伤、爱妾陈圆圆被抢，勃然大怒，不愿归降，而是直接投降了清朝的摄政王多尔衮。之后多尔衮和吴三桂联合起来对付李自成，李自成战败退出北京。他带领人马又抗击了清军一年多时间，后不知所终。有人说他死于九宫山，也有人说他出家做了和尚。

4. 昙花一现的南明

一年天子小朝廷

"崇祯"是明朝作为大一统王朝的最后一个年号。北京失陷后，明朝宗室仍未完全放弃抵抗，在南方相继建立政权，沿用"大明"国号，在历史上被称为"南明"。经过一番权衡、争斗，在南方的明朝大臣拥立逃到南京的福王朱由崧即位，年号"弘光"，由凤阳总督马士英、南京兵部尚书史可法等人组建了内阁。

弘光朝廷虽小，问题却不少。皇帝本人过着奢侈腐化的生活，据说宫中挂着一副对联，写的是："万事不如杯在手，一年几见月当头。"马士英和阉党官员阮大铖等串通一气,排挤史可法等人,把他赶去扬州城,将朝政大权牢牢抓在自己手里。他们为了捞银子公开卖官。此外,他们还幻想跟清朝讲和,提出将山海关以外的广大地区割让给清朝,每年供给清朝十万两白银为岁币。这样的一个朝廷,怎能得到广大臣民的拥护?

清朝的亲王多铎、豪格和明朝的降将吴三桂等人经过一段时间的征战,陆续打败了中原的农民起义军,之后向南方进发。多铎率军直逼扬州,史可法传令各镇兵马前来救援,可是有的将领已经投降了清朝,没投降的也只想自保,只有一位名叫刘肇基的将领带兵来援。史可法率百姓坚决抵抗,誓死不降,最后扬州城破,刘肇基战死,史可法也英勇牺牲。清兵在扬州大肆屠杀了十天,繁华的都市成为一座空城。

随后,清军渡过长江,攻下镇江。弘光帝仓皇逃出南京,后被俘获送往北京斩首,大臣们也纷纷向清朝投降。弘光帝在位时长仅有一年,短暂如昙花一现。

最后的抵抗

弘光朝廷覆亡后,南明从此四分五裂,再无统一的领导核心。但南方的士大夫们仍不肯放弃挣扎,继续坚持抗清。各地一些有野心的藩王也纷纷自立为帝,但大多只是昙花一现。此后明朝宗室建立的政权中存在时间较长的,主要是唐王的隆武政权和桂王的永历政权。

1645年,唐王朱聿键在郑芝龙等人的拥立下,在福州称帝,年号"隆武"。郑芝龙本是海盗出身,横行于东南沿海,在崇祯初年接受朝廷招安。隆武帝即位后,郑芝龙和自己的弟弟郑鸿逵等人各自统军,独揽大权。这时,浙东也爆发了抗清斗争,忠于明朝的士大夫在绍兴推举鲁王朱以海为监国。两个政权为了谁是正统、谁是臣属的问题而互相争斗不休。隆武政权在内忧外患当中再也无法抵御清军的进攻。郑芝龙见清朝势大,已经不可能通过恢复明朝而谋取更多的利益,因此带着部队降清,隆武政权就此灭亡。

南明政权一个接一个覆亡,眼看已经陷入了绝境。这时,李自成起义军的余部在湖南的抗清前线取得大胜,挽救了危局。趁着局势好转,明朝宗室桂王朱由榔在广东肇庆称帝,年号"永历",成为华南地区抗清斗争的领导者。原起义军领袖张献忠的部将李定国与永历政权联合,一度收复了广西,清朝定南王孔有德兵败自杀。之后，李定国又在湖南的战争中击毙清朝敬谨亲王尼堪，取得了重大胜利。清政府甚至考虑要割让南方七省，与永历政权和谈。永历政权一度控制了近十个省份的势力范围，成为南明时期抗清斗争的一次高潮。

在东南沿海，由郑成功、张煌言领导的抗清军队也趁机发起攻势。郑成功是郑芝龙的儿子，隆武帝非常喜欢他，赐他姓"朱"，因此人们称他为"国姓爷"。郑成功决心誓死效忠明朝，于是据守金门、厦门等地，在东南沿海继续抗击清军。清军水战打不过郑成功，可毕竟他们整体实力雄厚，郑成功苦战多年，形势并不乐观。浙江人张煌言本是鲁王麾下的一名文官，清军攻到江南时，二十五岁的张煌言投笔从戎，追随鲁王逃到了舟山，在舟山地区招募大量抗清将士。他主动和原属唐王集团的郑成功联系，共同抗清。

二人的联军合力沿长江水陆并进，接连收复了沿江的四府、三州、二十四个县。但在进攻南京时，郑成功中了清军守将的缓兵之计，贻误战机，结果清朝援军陆续到达，明军损失惨重。郑成功在东南沿海的地盘被压缩，因此于1661年率军渡过台湾海峡，收复了被荷兰殖民者占领的台湾岛。张煌言则退回到浙江东部，因孤立无援，只好解散军队，在一个小岛上隐居，后因叛徒出卖而被清军杀死。

永历政权内部一直矛盾重重，最终在吴三桂等人的进攻下被击溃。永历皇帝向西南逃窜，一直逃到了缅甸，1662年被吴三桂杀死。李定国也在忧愤和疾病中死去。随着南明最后一个政权的失败，明朝的残余势力至此全部覆灭。

读史点评

万历帝对张居正的专权深恶痛绝，在他死后予以彻底的清算和否定。此后的首辅们心存畏惧，对万历帝一味迁就，内阁的地位就此衰落。时间一久，当文官们为了各种分歧相互攻击，却得不到调停、平息，逐渐形成了不同的政治派系。到天启年间，就出现了东林党和阉党两大阵营激烈对峙的局面，文官集团再也无法维持稳定有效的管理。

以顾宪成、杨涟、左光斗等人为代表的东林党人，希望按照儒家士人的理想重新塑造大明的政局，挽救危亡的时局。可是他们很多人只是熟读圣贤的经典，空怀济世的抱负，却并不具备重振朝纲的能力。两大派系的分裂、倾轧一直到南明时仍然继续，造成了严重的内耗，面对在东北虎视眈眈的清朝和剿杀不尽的农民起义军，他们也无力组织顽强有效的抵御。因此明朝的覆亡，固然有自然灾害和强大外力的原因，但一直无法消除的内讧，也是重要的原因之一。

思考题

南明拥有南方的半壁江山，也有能征善战的将领，但是从弘光到永历始终没能像东晋、南宋那样能暂时维持一段时期较稳固的统治，而是迅速走向灭亡，原因是什么？

第五章

灿烂的大明文化

1. 王阳明和李时珍

龙场悟道

王阳明原名王守仁，阳明是他的号。他出生于浙江绍兴府余姚县（今宁波余姚）一个显赫家庭，父亲王华曾考中状元，官至南京吏部尚书。这位后来成为我国古代重要哲学家的大儒，小时候的经历就很不平凡。据传，王阳明很晚才学会说话，五岁时仍不能开口，却能默记祖父所读过的书。后来，他与私塾先生讨论未来志向时，认为功名利禄全不重要，最要紧的是做一位圣贤之人。十几岁时，听说北方有蒙古人威胁，各地农民起义不断，忧虑之下，他竟打算上书为皇帝献策。虽然在父亲的训斥之下作罢，却足以见其大志。

1499年，二十八岁的王阳明考中进士，到工部见习。后来因为得罪了专权的宦官刘瑾，被杖责四十大板，贬去贵州龙场做了个驿丞。龙场非常荒凉偏僻，日子很苦，王阳明就在这里认真思考儒家的学问。王阳明曾经遍读朱熹著作，为实践"格物致知"，研究了七天的竹子，什么都没悟到，人却因此病倒——此事就是中国哲学史上著名的"守仁格竹"。而在龙场，他每天办完公事就长时间静坐、思考。终于有一天，他豁然开朗，顿悟到圣人之道并不在外界，而是在自己的本心之中，无须向外求。这就是著名的"龙场悟道"。"理在心中"则是王阳明最主要的思想主张，他的学说也因此被称为"心学"。阳明心学主张"知行合一"，是中国思想文化史上的重要学说，后来更是传去了日本，影响广泛而深远。

刘瑾倒台后，王阳明重新入京为官，升至都察院右佥都御史，并担任南赣等地的巡抚，成为一方大员。他先是用了一年多时间，以计谋荡平了困扰当地十几年的盗贼之乱。1519年，宁王朱宸濠发动叛乱，王阳明知道后，不等朝廷的命令，直接调集各地的军队前去平叛。他力排众议，直捣宁王的老巢南昌。等到宁王回师来救，已经来不及了。最终他在鄱阳湖发起决战，活捉了宁王。王阳明平叛，只用了四十三天。得到捷报的正德帝隐瞒消息，继续南下，让将士们配合自己在南京上演了一出

王阳明龙场悟道

亲擒宁王的戏码，就这么把平叛的功劳据为己有。

嘉靖帝即位后，王阳明虽有升迁，却并不受重用。其父王华死后，王阳明回家守孝三年，期满后没人召他回朝，便继续闲居了三年。后来广西土司兵变，王阳明才被召回平叛，不到一年就重新恢复了广西的秩序，然后告病还家。弥留之际，学生问他有什么遗言，他说："我的心一片光明，还有什么可说的呢？"就这样平静地离世了。

纵观王阳明的一生，他文能光大心学、传授思想，武能剿匪平叛，安邦定国，难怪被称为"完人"。

药圣与《本草纲目》

"进化论"的奠基人达尔文在自己的《物种起源》一书中，曾多次提及一部"中国16世纪的百科全书"，引用了书中提到的许多种动物。不过达尔文并不知道这部百科全书其实是一本药典，也不知道书的名字叫作《本草纲目》。

这部传奇著作的作者是李时珍，他出生于湖北蕲春县，家里世代行医。他的父亲李言闻也是当时的名医，却因深感民间医生地位低下，希望儿子以后能走上仕途。李时珍十四岁就中了秀才，但并不热衷科举，而是热爱医学。后来他连考三次都没中举，便决心弃儒从医了。楚王的儿子得气厥症时，曾请李时珍前去医治，他妙手回春，很快把病治好了，因此便在楚王府任职。后来李时珍又被推荐去太医院，在此期间阅读了大量医书，观察了不少国内外药材。可是卑躬屈膝为权贵看病终非李时珍所愿，便辞官回乡了。

回乡后，李时珍以自己的字"东璧"为堂号，创立东璧堂，坐堂行医，研读医书。他发现医书中有不少错误，有些没有根据的说法竟沿袭了千年，如果继续流传，会危害许多人。于是，李时珍决心编纂一部新的医药学著作。他认真阅读了大量医书和经史百家书籍，更是多次外出进行田野调查，搜集药物标本和处方。其间他广泛向劳动人民学习，不管是种田的、打鱼的、砍柴的，都会向他们询问各种中药材的形状、药用功能和炮制方法等，最后编撰出巨著《本草纲目》。全书约一百九十万字，收录药物一千八百多种，辑录一万一千多个单方，绘有药物形态图一千一百余幅。

李时珍纠正了流传下来的许多迷信、错误的说法，

遍尝百草的"药圣"李时珍

比如服用黄连可以成仙、草籽可以变鱼等。南朝时的药物学家陶弘景写道,"鲮(líng)鲤"(穿山甲)能水陆两栖,白天爬上岸来张开鳞甲装死,引诱蚂蚁进入甲内,然后潜入水中吞食蚂蚁。为了验证这个说法到底是否准确,李时珍亲自上山去寻找穿山甲,在樵夫、猎人的帮助下捉到了一只,从它的胃里剖出了许多蚂蚁,说明穿山甲的确以蚂蚁为食。但他经过仔细观察,发现穿山甲是拨开蚁穴舔食里面的蚂蚁,而不是像陶弘景说的那样诱蚁入甲再下水吞食。李时珍就这样通过亲力亲为的验证,订正了许多以讹传讹的错误知识,也获取了大量此前不为人知的新知识。

《本草纲目》是当时中国最系统、最完整、最科学的一部医药学著作,明代著名文学家王世贞称其为"性理之精蕴,格物之通典,帝王之秘籍,臣民之重宝"。李时珍也被后世尊称为"药圣"。

2. 走进市井的文学艺术

昆曲与《牡丹亭》

明代中后期,随着江南地区经济的发展与城镇的繁荣,深受市民阶层喜爱的戏曲也随之兴盛。明代戏曲主要包括传奇戏曲和杂剧两类,源头分别是宋元时期南方地区的南戏和元代的杂剧。不同的戏曲种类共同发展,并且形成了明代戏曲独特的风格,将这种艺术形式推向了新的发展阶段。

明朝戏曲的戏剧手法非常高超。曾经有位名叫刘晖吉的剧作家,组建了一个女子班社,演出《唐明皇游月宫》,角色均由女子扮演。道士作法前,场上一片黑暗。等他手起剑落,一声雷响,黑色的帐幔收起,顿时现出一轮圆月,旁边有五彩云,月宫中坐着嫦娥,还有伐桂的吴刚、捣药的玉兔。隔着薄纱,点起灯光,就像黎明时一样。月中撒下一块长布,唐玄宗踩在上面缓缓走近月亮。人们在台下看着,觉得这简直是真的,不像在演戏。刘晖吉巧妙运用了布景和灯火,营造出神奇的舞台效果。

在继承前代戏曲形式的基础上，明代也形成了新的曲种和唱腔。当时有种流行的戏曲唱腔叫"昆山腔"，最初只在苏州的昆山上演，后来在嘉靖年间吸收了很多当时流行的唱腔，形成了新风格，拍子较慢，节奏迟缓，给人以软糯、细腻之感，被称为"水磨调"。万历年间，昆山腔逐渐发展到全国，仅苏州就有好几千名专业演员，成为明、清两朝影响最大的剧种，称为"昆曲"或"昆腔"。

明代戏曲的兴盛造就了许多剧作家，其中最著名的就是汤显祖。他的名作《牡丹亭》写少女杜丽娘梦中与柳梦梅相会，后因思念伤情而死，又以鬼魂与柳梦梅相恋，最后又复活为人的故事。其中的《游园》《惊梦》两出，乐曲、唱词都非常优美，至今仍在海内外享有盛名。汤显祖创作的还有《南柯记》《邯郸记》《紫钗记》，与《牡丹亭》合称"临川四梦"。此外，明末清初孔尚任的《桃花扇》、洪昇的《长生殿》，也都是非常重要的昆曲作品。

江南地区的士人成为戏曲最主要的受众，许多人同时也是戏曲的创作者，甚至对戏曲达到了痴迷的程度。明末崇祯年间有个叫作张岱的才子，几乎精通晚明所有的艺术门类。张岱坐船经过镇江时，看见金山寺周围一片江涛、月色，游兴大起，直接进入大殿，叫奴仆们点起灯火，奏起乐器，演起韩世忠大战金兀术的戏曲。锣鼓喧天，把寺中的和尚都惊醒了，揉着眼睛、打着呵欠一起看。到了天快亮的时候，戏演完了，张岱又收拾起锣鼓，坐上船离开。真是乘兴而来、兴尽而去！

文人写小说

明代印刷术飞速发展，书籍成了普通人也能得到的文化产品。于是，面向一般百姓的小说便应运而生，神怪故事、英雄传奇、才子佳人等各种题材应有尽有。

过去的小说一般是文言写的，篇幅也短。有些说书艺人会用口语对其进行改编，形成长一些的话本。明代文人冯梦龙、凌濛初等喜欢读这些话本，便将它们编辑成书，或模仿创作，形成了"三言"(《醒世恒言》《警世通言》《喻世明言》)、"二拍"(《初刻拍案惊奇》《二刻拍案惊奇》)。有些作者更进一步，把过去分散在史书、民间传说中的故事以自己雄奇的想象、优美的文笔，改编创作成前所未有的长篇小说。其中最著名的就是《水浒传》《三国演义》《西游记》。

《水浒传》的作者施耐庵曾跟随张士诚起兵反元，

可张士诚中途投降元朝，转而对付朱元璋的起义军。作为谋士的施耐庵反对无果，便弃官而去，后隐居写作。《水浒传》写的是北宋末年各种人物由于朝政腐败、司法黑暗被逼上梁山的故事。书中的宋江接受招安，为朝廷攻打方腊起义军，手下伤亡惨重，自己也死于非命。这与张士诚的起义过程有些相似，张士诚也是在降元之后战败而死的。《水浒传》是中国第一部赞扬农民起义的长篇章回体白话小说，影响深远。全书在歌颂起义英雄的反抗斗争和社会理想的同时，也揭示了起义失败的原因。

罗贯中据说是施耐庵的学生，他的《三国演义》是历史演义小说的开山之作，描写了东汉末年群雄割据混战和魏、蜀、吴之间的政治军事斗争，以及最终司马氏建立西晋、统一天下的故事。全书"七分真，三分假"，对史实进行了改编，但人物形象栩栩如生。书中涉及很多战争谋略，清太祖努尔哈赤、清太宗皇太极都喜欢从这部书中学习兵法。皇太极用反间计杀死袁崇焕，据说就是受"蒋干盗书"的启发。

相比于前两部作品，吴承恩笔下的《西游记》更具幻想性和趣味性，是中国第一部浪漫主义章回体神魔小说，主要写石猴孙悟空大闹天宫，后与唐僧、猪八戒、沙僧西行取经，历经九九八十一难，最终见到如来佛祖的故事。唐代高僧玄奘去印度时，有个叫作石磐陀的胡人帮他闯过了很多难关，后来人们据此逐步创造出了孙悟空的形象。吴承恩在此基础上，又对孙悟空的形象和唐僧取经的故事情节做了全面创新，书中的孙悟空神通广大，能打败各路神仙、妖怪。这部雄奇的巨著，不仅体现了非凡的想象力，还折射出世态人情和社会现实，影响很广。

但在当时的读书人看来，写小说是没有出息的表现。很多作者怕被人看不起，只好使用假名，有些小说的真实作者甚至一直不为人所知。尽管如此，小说中展示出的明朝人的各种生活细节，给读者带来了无尽的遐想和情感体验。

3. 西学东渐

耶稣会士来了

意大利人利玛窦的父亲是个医生，做过教皇国的行政官员,希望自己的儿子将来也能走上仕途。可利玛窦十九岁时就决定加入耶稣会,并在神学、哲学、数学、天文学、地理学等各方面都取得了优异的成绩。他希望能重振天主教权威,与路德、加尔文等人传播的新教相抗衡。

1578年,利玛窦乘坐一艘小船漂洋过海,经好望角来到东亚,先是在印度传教,1582年又来到中国澳门。当时耶稣会士罗明坚已在澳门活动了好几年,却没什么效果。利玛窦听说中国人信佛教,便剃了光头,穿上僧服,认真学习中国话,了解本地风俗习惯。在他的努力之下,官府终于同意他建立一座小教堂,称为"仙花寺"。中国人对这种不敬天、不敬祖宗的外来宗教并不感兴趣,为吸引民众,利玛窦便将一些天文仪器展示给人们看,又将世界地图刻印出来,赠送给官员疏通关系。后来他听说中国人虽信佛,却并不亲近和尚,于是便改穿儒生服装,戴儒巾,增进了与官员、百姓的交往。就这样,他逐渐从澳门走向广东肇庆、江西南昌和江苏南京,最终在1601年来到北京。万历帝很喜欢他献上的钟表,担心他离开后没人修理,就让他在北京住下,一直到病死。

为了减少传教阻力,利玛窦还把基督教演绎得更能与儒家思想兼容，删去了不少无法为当时中国人理解的内容，使天主教逐步在中国发展起来，招收了很多信徒。许多博学的中国读书人也愿意向他学习，包括徐光启、叶向高等朝中高官。他制作的世界地图《坤舆万国全图》是中国历史上第一幅世界地图，先后被十二次刻印，让当时的人知道中国之外，原来还有许多其他大国。他还和徐光启合作，翻译了欧几里得《几何原本》的前六卷。此外，利玛窦还尝试将"四书"译为拉丁文，并首次尝试用拉丁字母为汉字注音，向西方传播了中国文化。

宗教以外，利玛窦把西方的地理、天文和数学知识带到了中国，开晚明士大夫学习西学之风，极大地促进了中西交流。

徐光启学西学

徐光启比利玛窦小十岁，是上海人。其父做过商人，后来主要从事农业。徐光启的科举和仕途都不算顺利，三十六岁中举人，四十三岁中进士。万历末年，阉党掌权，正直的徐光启也受到打击，便辞官回乡了。直到崇祯帝即位，六十七岁的他才被重新起用，并很快升为礼部尚书兼东阁大学士，进入内阁。可惜他并未得到重用，也不被批准辞官，最终死在任上。

徐光启中进士之前就认识利玛窦，并加入了天主教，跟他学习西方的天文、历法、数学、测量和水利等科学知识，编辑、撰写了大量书籍，为17世纪的中西文化交流做出了重要贡献。他和利玛窦一起翻译的《几何原本》前六卷，由利玛窦口述，他执笔成文。徐光启认为，这部书逻辑缜密，可以让人戒掉浮躁的毛病，养成精密思考的习惯，"无一人不当学"。"几何"一词作为数学的专业名词来使用，也是从他开始的。此外，徐光启还撰写了《测量异同》和《勾股义》两部著作，用《几何原本》的定理来反思中国传统的测量技术和勾股算术，并做出了精密的论证。

徐光启见证过明朝末年旱灾频发导致的农民起义，他认为，为了避免此类动乱，一定要总结农业科技，让老百姓有吃有穿。于是他编写了十余种农业书籍，其中最重要的是《农政全书》。这部书共六十卷，五十多万字，全面讲述了农田制度、农业耕种、水利、农具、蚕桑、林木种植、畜牧等方面的知识，可以说是一部融合了实践、知识与读书人良心的重要著作。此外，他还特别注

沟通中西文化的徐光启与利玛窦

重火炮制造,希望能够以此强兵,不再重蹈萨尔浒战败之覆辙,撰写了《火攻要略》等书。可惜当时明朝内部正忙于党争,并未予以重视。

徐光启一生廉洁,生活俭朴,致力于科学技术的研究,学贯中西。虽然他没能改变晚明政治军事上的颓势,却推动了科技和文化的发展,也为中西交流做出了贡献。

4. 明朝读书人的一生

科举之路

"朝为田舍郎,暮登天子堂。将相本无种,男儿当自强。"这是宋代汪洙的《神童诗》,说读书人不怕出身贫苦,只要肯下苦功,中了科举,就能做官,出人头地。因此,明朝读书人从小熟读《三字经》《百家姓》《千字文》等启蒙课本,之后便苦攻"四书五经",跟着老师学写八股文。八股文是明朝科举考试要考的一种文体,命题人以"四书五经"中的语句取题,考生则需以既定格式，以古人的口吻加以阐发，不可随意发挥。全文要有破题、承题、起讲、入题、起股、中股、后股、束股八个部分，其中后四个部分每部分有两股排比对偶的文字，一共八股。

科考的第一步是童生试，包括县试、府试、院试三道考核。通过前两道考核，就算是童生；通过院试，就是秀才。有的人考了很多年都只是个童生，《儒林外史》中的范进就是这样，胡子白了还是个童生，被亲戚和邻居嘲笑。考上秀才的人，可以不服徭役、不缴税，见了知县也不用下跪，知县也不能对其随意用刑。不过，要想做官，还得继续参加乡试。乡试在省城举行，每三年举行一次，时间在秋季八月，故称为"秋闱"。届时全省的秀才都来赶考，考中的称为"举人"，第一名叫"解元"。中了举人之后可以考进士，即便考不中，也可以应吏部铨选，担任县丞、教谕之类的职位，甚至有可能当上知县。所以《儒林外史》里范进中了举人，听到喜讯后竟然高兴得疯了。

考中举人后可以参加会试。会试在乡试的第二年举行，地点在京师，时间在二月，因此称作"春闱"。通过考试的举子，称为"贡士"，第一名称为"会元"。最高规格的考试是殿试，由皇帝直接出题，考中了就叫作"进士"。进士的前三名，分别称为"状元""榜眼""探花"。如果有谁能连中解元、会元、状元，就叫"连中三元"，整个明代只有黄观、李骐、商辂三个人取得过这样的成就。状元、榜眼和探花一般会被安排到翰林院担任编修、修撰等职务。明代历史上著名的内阁首辅大都是翰林院编修出身，比如张居正。其余的进士，则会按照名次分派到六部或地方担任官职，最差的也能做知县。

不过，费尽力气考中的举人、进士们很多只擅长八股文，对刑法、财政等实务知识往往并不了解。通过层层考试，但才识、品德并不高明的人并不在少数，而他们自然也不可能做个勤政爱民的好官。

官员也难当

同为考中举人和进士的人，后来做的官职可能也会有很大差别。古代著名的笑话书《笑林广记》里就写过两个同年中进士的人，其中一个留在京城，进了翰林院，说自己拜帖上可以用大字，出行时有仪仗，尊贵又体面。另一个人在地方做了县令，回敬说："我出行的时候，差役们都举着'回避''肃静'的牌子驱赶行人，何等威风！我有发告示的权力，百姓必须遵守。另外，我还掌管朝廷印信，有生杀大权，升堂问案时，百姓都叫我'青天大老爷'，比您这徒有虚名的官可强得多了！"县令掌管一个县的教育、赋役、治安、狱讼等各种事务，权力确实很大，但也要面对御史的巡察、上司的考课。

如果做了京官，比如进了六部、都察院，也是要熬资历、受考评的。考评结果好的就有可能升官，如果运气好，受到上层官员乃至皇帝的褒奖，就更容易升官。不过，十几年不升迁是常有的，绝大部分人一辈子也就是不停地写公文、看公文、查账目，到老仍是个六品、七品官。祖父母、父母、妻子得到一份封诰，就能写进家谱，光宗耀祖。因此明清小说里的文人学士、英雄好汉们费尽力气，图的也就是"封妻荫子"。

身为京官，上朝时要在四更起床，凌晨5点前到午门外等候，不能迟到，否则挨二十大板。到了5点，鼓声响起，大家排着队往里走，除了个别年长的一、二品大员可以骑马、坐轿，其余人一律步行。紫禁城里本有路灯照明，天启年间却被魏忠贤撤了，据说是为了防火。因此，后来的官员上朝，就得摸着黑走路。

早朝开始前，官员们在广场上排队等候，不能咳嗽、吐痰、东倒西歪，否则会被人记下来。皇帝临朝时，大家行一跪三叩的大礼。上千名纱帽圆领的官员排着整齐的队伍，做着整齐的动作，喊着同样的口号，场面有序而壮观。品级低的官员只能在殿外叩拜，四品以上的官员才有机会跟皇帝说话。早朝一般在早上7到9点结束，大家吃完早饭，回到各自的衙门办公。直到申时，也就是下午3点到5点才能回家。

北京的冬天格外寒冷，紫禁城里的风大极了，经常上朝的人，要是得了风湿病、老寒腿，一点不奇怪。然而大家仍然以上朝为荣，毕竟哪怕是远远看一眼皇帝的尊容，记住当时盛大的仪仗、繁复的礼节，宦官、侍卫们的做派，也足以成为值得夸耀的经历了。

读史点评

从明太祖开国到万历中期，除了短暂和局部的战争，尽管上层的纷争不断，但从总体上讲，国家统一，社会稳定，经济比较繁荣，城市中因此形成了相当活跃的市民阶层。为了适应市民阶层的精神文化需求，昆曲、小说等各种通俗文化迅速发展起来。同时，由于明朝科举以呆板的"八股文"取士，保守的程朱理学成为社会主流思想。部分士人产生逆反心理，不随波逐流，而是注重自我。李时珍厌倦科举，不求功名利禄，注重实际知识，就体现了士人的个性追求。此外，昆曲中可以看到为爱情而死、为爱情而生的杜丽娘，小说中也可以看到不畏神佛、不怕妖怪的"泼猴"孙悟空。

明朝后期，传统医学、农学等都有所进步，《本草纲目》《农政全书》是这方面的代表作。当时，利玛窦等欧洲传教士来到中国，以传播科学知识为手段来达到传教的目的，与徐光启等人合作翻译了不少西方科学书籍，为科学知识在中国的传播起到了积极的作用。

思考题

在明代的昆曲、小说或国画作品中任选其一,认真地听一听、读一读、看一看,谈谈你从中获得了哪些感悟,掌握了哪些知识?

大事年表

1352年	朱元璋投奔郭子兴,加入红巾军。
1363年	朱元璋与陈友谅在鄱阳湖展开决战。
1368年	朱元璋在应天府即帝位,国号"大明",朱元璋即明太祖。
1380年	明太祖借胡惟庸案废中书省,罢设丞相。
1398年	朱允炆即位,是为明惠帝,年号"建文"。决定削藩。
1399年	燕王朱棣起兵,"靖难之役"开始。
1402年	燕王攻入南京,建文帝不知所终。朱棣即位,是为明成祖。
1405年	郑和第一次下西洋。
1407年	《永乐大典》修订完成。
1410年	明成祖首征漠北,亲征鞑靼。
1421年	明成祖正式迁都北京。
1433年	郑和第七次下西洋返回。
1435年	明英宗即位,王振入掌司礼监,开启明代宦官专权。
1449年	明英宗在土木堡被俘。

1457年	"夺门之变",英宗复位。
1506年	宦官刘瑾入掌司礼监,专权乱政。
1519年	王阳明平定宁王朱宸濠叛乱。
1563年	戚继光、俞大猷大败倭寇于福建。
1572年	朱翊钧即位,是为明神宗,年号"万历"。张居正任首辅。
1581年	张居正在改革中推行"一条鞭法"。
1600年	耶稣会教士利玛窦到达北京。
1616年	努尔哈赤在赫图阿拉即汗位,国号"大金",史称"后金"。
1623年	魏忠贤提督东厂,形成阉党专权。
1625年	魏忠贤捕杀东林党人。
1626年	袁崇焕取得宁远大捷,击败努尔哈赤。
1627年	袁崇焕取得宁锦大捷,击败皇太极。
1636年	李自成被推为"闯王"。皇太极改国号为"大清"。
1644年	福王朱由崧在南京建立弘光政权。
1645年	史可法在扬州率众抗清,城破而死。唐王朱聿键在福州建立隆武政权。
1646年	郑芝龙降清。桂王朱由榔建立永历政权。
1662年	郑成功收复台湾。永历政权灭亡。